东 | 湖 | 书 | 坊

闲庐序跋集

熊召政／著

WUHAN UNIVERSITY PRESS
武汉大学出版社

图书在版编目(CIP)数据

闲庐序跋集/熊召政著. —武汉:武汉大学出版社,2015.6
(东湖书坊)
ISBN 978-7-307-15368-4

Ⅰ.闲…　Ⅱ.熊…　Ⅲ.序跋—作品集—中国—当代
Ⅳ.I267

中国版本图书馆 CIP 数据核字(2015)第 042451 号

责任编辑:郭　静　　　责任校对:王　建

出版发行:**武汉大学出版社**　(430072　武昌　珞珈山)
(电子邮件:cbs22@whu.edu.cn 网址:www.wdp.com.cn)
印刷:武汉精一印刷有限公司
开本:850×1168　1/32　印张:9.25　字数:197 千字　插页:2
版次:2015 年 6 月第 1 版　　2015 年 6 月第 1 次印刷
ISBN 978-7-307-15368-4　　定价:55.00 元

前　记

孟子曰："人之患，在好为人师。"顾炎武改其一字，曰："人之患，在好为人序。"然而身在文场，"秀才人情纸半张"，逢到前辈、友人乃至年轻一辈索序，实在有点却之不恭或拒之不忍。收入此集的文字，多半是这种境况下的产物。

将最近两三年来所写的序跋文字，以及应一些报刊之约而写的说文、谈艺、述忆之类的随笔、杂文，归拢起来，编为一集，算是敝帚自珍吧。此类文字，前两年我先后结集了《闲庐谈艺录》（西安出版社）、《历史的驴友》（海豚出版社）等书，凡已收入那几本集子的文字，本书不再收入，尽量避免重复。除近两三年所作，本书也辑入了此前漏收的少量集外文字。

是为前记。

2014 年岁末于闲庐

目 录

序跋之什

谈艺之什

述忆之什

序跋之什

《毛泽东与东湖》序

一九五三年的二月十六日上午，早春的武汉风和日丽，湖边柳枝吐绿，梅岭上春梅绽放。一条木船从梅岭下的海光水榭缓缓摇出，船上坐着毛泽东以及陪同他的李先念、李雪峰、罗瑞卿、王任重等。毛泽东眺望粼粼波光以及远处一脉青黛的珞珈山与磨山，兴致勃勃地对陪同的领导说："你们的东湖不错嘛！湖的北面地势开阔，南面层峦叠翠，东西两面丘陵起伏有致。整个湖面山水相依，自然条件绝好，是游览休息的好去处。特别是如此浩瀚的湖面，如此清澈的湖水，真是少见啊！"从话语中可以听出来，一代伟人毛泽东对东湖不是泛泛的夸赞，而是激赏。

毛泽东二十世纪二十年代曾多次到武汉，他在武昌创办中央农民运动讲习所，后又在汉口参加"八七会议"，并在闲暇时登黄鹤楼，留下了"烟雨莽苍苍，龟蛇锁大江……黄鹤知何去？剩有游人处。"的千古名句。一九二七年他离开江城，直到一九五三年二月十六日重新归来，已经二十六年过去了。其间中国大地风雷激荡，毛泽东率领中国人民推翻旧世界建立了新中国。百废待兴，百业待举，认为“一万年太久，只争朝夕”的毛泽东，却在新中国成立之初就从首都北京南下武汉并入住东湖宾馆，可见他对此处的感情非同一般。

从一九五三年二月十六日到一九七四年十月十二日这二十一年的时间内，毛泽东一共四十四次下榻东湖宾馆，每次居住时间短则十天，多则达半年之久，是除北京之外，他老人家最为喜爱的居住之地，因此，东湖宾馆享有“湖北中南海”的美誉。而隶属于东湖风景管理区的长天楼，亦是毛主席经常会见外国友人的地方。据统计，在东湖居住期间，毛主席一共在长天楼举行了二十七次会见，并分别在此宴请过胡志明、金日成、蒙哥马利等国家元首和国际友人。

可以说，东湖宾馆的梅岭与南山，以及这座长天楼，是毛泽东领袖生涯中不可或缺的重要组成部分。今年，适逢毛泽东诞辰一百二十周年，湖北省中华文化促进会与东湖宾馆共同筹办《毛泽东与东湖》大型珍贵历史图片展，并首次公布了许多帧弥足珍贵的图片。相信广大观众会从这次展览中，看到许多关于毛泽东在东湖居住期间发生的鲜为人知的事件及细节。这次展览的意义，既在于对一代伟人的缅怀，也在于理解共和国一路走来的岁月中，毛泽东主席留给后人评说的丰富而灿烂，睿智而浪漫的人生。

是为序。

2013 年 10 月 16 日

《文化的力量》序

去年的年初，湖北广播电视总台的台长王茂亮先生找到我，说他们准备拍一部大型文化专题片《文化的力量》，想请我参与策划。同时他还告诉我，他们聘请的制片人及导演都是圈内顶级的专家，曾拍摄过《走向海洋》、《公司的力量》等有口皆碑的纪录片。虽然，我每为临时性的写作任务所苦，一次次往后推迟我的第二部长篇历史小说的创作计划。这次却又鬼使神差地应承了下来。现在回想起来我之所以如此爽快地答应，乃是出于三个原因：第一是与茂亮先生多年的友谊，对他的邀请岂可怠慢？第二是我看过《走向海洋》与《公司的力量》这两部片子，它们的出现可谓提升了中国纪录片的水平。能与这种纪录片的主创人员合作，应该也是一种缘分；第三，我觉得“文化的力量”这种提法很有趣，它是一个抽象的命题，如果通过电视镜头将其具象化，这是一个挑战。

几天之后，湖北电视总台与香港凤凰卫视两家的领导及双方共同推荐的主创团队都集聚武汉的东湖。早春二月的东湖乍暖还寒，在湖畔的一栋小楼内，我们就《文化的力量》这一纪录片项目的各种问题海阔天空地讨论起来。最终确定由程乐平先生担任制片人，刘军卫担任导演并与我一起承担撰稿任务。乐平与军卫两人，都是上述几部优秀纪录片的主创，是圈内公认的大腕。

人世的事情往往出人意表。有的事你想象得很艰难，做起来却很容易；有的事你觉得很容易做，一旦做起来却很困难。有些事你估计到了困难，但在做的时候，你想象的困难并没有发生，但没有想到的困难却死活缠着你……担任《文化的力量》总撰稿期间，以上种种表象似乎都遇到过。先是感到“文化”这个词语既如此的熟悉，又如此的陌生。它像空气一样始终陪伴和滋养着你，让你须臾不可或缺，又像风一样不可捉摸，你可以感受到它的力量但又无法驾驭。没有一个词语能够像“文化”这两个字那样充满歧义。全世界各个国家各个民族的文化又是如此的丰富与独特。文化既有相吸之处，可以相生共荣；文化亦有相斥之处，激烈时水火不容。美国学者亨廷顿之著作《文明的冲突》，就是着眼于文化的排他性，而断言日后世界会因为文化的不同而引起国家与民族间的对抗。

基于以上多种考虑，我与乐平、军卫两位多次磋商，觉得我们无法按教科书式的方法来阐述文化。这不单吃力不讨好，更重要的是我们不是孔子，也不是亚里士多德，没有这个能力把这个简单的问题给世人以满意的回答。

既然不能做吃力不讨好的事，可不吃力就能讨好的事我们想做却找不到窍门。最终我们选择了话题式结构，即选取若干个大家熟悉并关心的文化问题加以剖析和讨论，试图给出一个答案。

确定结构方式之后，我们第二步要做的事是对话题的选择。几乎一开始我们就达成共识，以我们所具备的学养以及意识形态等多方面的限制，我们不可能探讨世界性的文化话题。如果我们能在世界的范围内来探讨中国文化的发展脉络以及当下中国文化的发展与繁荣应该注意或者引起警惕的问题，这虽然也困难，但毕竟还可以尝试。

幸运的是，提出这个项目并担负领导责任的湖北省委宣传部尹汉宁部长以及王茂亮台长，并没有对我们主创人员就创作问题施加干涉，他们非常大度且又一直鼓励，给予我们写作上的极大自由。他们的态度足以证明，他们对文化人真诚的敬意。当然，我们这个担任主创任务的三人团队，绝不会滥用领导的信任。如履薄冰、锐意创新这样一种态度，始终贯穿在我们的写作过程中。现在，大家看到的这六集解说词，便是我们三人共同研讨的结果。待拟定的框架出来后，我们送审并顺利地获得通过。尔后我们三人每人写两集初稿，我担负了《娱乐至死》与《长路漫漫》的写作任务。乐平撰写的两集是《士魂商才》与《纲举目张》，后来因他出国拍摄，由张荣、许丁心两位女士代为捉刀。余下两集《上善若水》与《来来往往》，为军卫所撰。之后，我在文字上作了一次订正，军卫又从导演的角度作最后改定。从最初的动议到纪录片拍摄完成，前后花去了一年时间。至于这部纪录片成功与否，其讨论的话题对当下中国的文化建设是否提供了一些借鉴，明眼的读者与观众一看就明白，用不着我在这里饶舌了。

最后，我要表述的是，通过这部纪录片，我结识了多位比我年轻且具备国际视野的纪录片专家。他们笃学多思，虔诚敬业。与他们的合作是我的荣幸，与他们相处并共同完成任务，我感到特别开心。

2013 年 9 月 11 日于武汉闲庐

《淮河文化系列丛书》总序

一

古往今来，研究与探寻山脉水系的文章与著作，不胜枚举。我因有历史与地理两方面的爱好，对祖国的大好河山，颇为钟情。发乎为文，虽不能像徐霞客一样，足履所及，如探骊珠，更不能像《山海经》那样自成体例，考略具详，但每到一处，仍不免检点史籍，于风俗、于形势略作探讨。

今年春天，我应淮滨县委书记吴刚同志的邀请，前往该县考察淮河古渡及中国最古老的水利工程期思陂的故址。同时也参观了县城新建的旅游景点淮河风情园及淮河博物馆，对该县不遗余力地打造淮河文化的举措印象深刻。金秋十月，我又应邀来到淮滨，参加在此隆重举办的首届淮河文化节。淮河沿线的所有县市代表以及从事淮河研究的各类专家学者都聚集在淮滨的青龙古镇。其盛况至今仍令人怀想。

稍后不久，淮滨县又组织专家学者写作出版《淮河文化系列丛书》。吴刚同志邀请我为此书写一篇序言。虽然，我对淮河认识肤浅，但盛情难却，只好勉为其难，作一点表白。

二

淮河古称淮水，是我国七大江河之一，古代被誉为“四渎”之尊。它发源于桐柏山，流经河南、安徽、江苏三省，在三江汇入长江，全长一千多公里。明朝人谢肇淛的《五杂俎·地部》曰：“淮者，汇也。四渎之尊，淮居其一焉。淮之视江、河、汉，大小悬绝，而与之并列者，以其界南北而别江、河也。”《晏子春秋》载：“橘生淮南则为橘，生于淮北则为枳，……水土异也。”淮河居于黄河、长江之中，其自然和文化地理的分界线作用早已被我们的祖先所认知。古代文明依河流而兴，并沿河流而扩散。淮河流域特殊的大地构造、地理环境等方面的优越地位，促使其在中国南北文化的碰撞、交流、融合等方面发挥着独特的作用。淮河，自然也就成为中华文明的核心地带，成为中国南北文化转换的轴心。它不仅是中华文明的发祥地，而且有着自成一体的区域性的文化特征。

《尚书·禹贡》载：“导淮自桐柏，东会于泗沂，东入于海”。古代的淮河在江苏盱眙以下，与来自北部的沂、泗水会合，经淮阴，涟水到云梯关外入海，是一条独流入海的河道。据北魏郦道元《水经注·淮水》所记当时淮河流经的地区是：东经江夏平春县（今信阳市区西北）北、新息县（今息县西南）、期思（今淮滨县东南）北；又东过原鹿（今安徽阜南县）、安丰（今霍邱县）东北；又东经寿春（今寿县）西北、当涂（今怀远东）、钟离（今凤阳东）二县北；又东经徐县（今江苏泗洪）南；又东经盱眙（今泗洪东南）县故城南；又东过淮阴

（今属江苏）西、北；又东至广陵淮浦（今涟水县城）入于海。至少可以说明北魏时，淮河仍然是独流入海的。而当时淮河最大的支流泗水向北一直延伸到今天的山东中部，孔子、孟子的故乡，即今天的山东曲阜、邹城一带，在那时也属于淮河支流的泗水流域。

三

淮河流域有着悠久的文明和丰富的文化遗存。相传“盘古开天地，血为淮渎”。早在旧石器时代，淮河流域就是人类生息繁衍的肥沃之乡。南召猿人、沂源猿人、和县猿人就生活在这一流域。中华文明形成时期的第一个王朝——夏朝的建立者，是大禹的儿子启。而大禹治水活动的主要区域就在淮河。这里留下了很多与大禹有关的故事，诸如“大禹锁蛟”、“娶涂山氏女”、“涂山之会” 等。灭亡夏朝的商族也兴起于淮河流域，商汤灭夏前，其都城在南亳，即今天商丘县南的谷熟集。周朝建立，虽然政治经济中心转移到了秦岭以北的关中，但是淮河流域的部族集团仍然是周王朝不可忽略的政治力量。春秋时期楚文化不断渗透，吴越文化也不断西拓，从而使得淮河流域经济得到了迅速发展。又由于北方中原文化，齐鲁文化在这一区域内交汇、纠结、融合，所以这一时期的淮河流域文化也相当发达，管子、老子、孔子、孟子、庄子、墨子等中国古代大思想家都生于斯，长于斯，歌哭于斯。

自秦汉以降，淮河流域的发展更是进入到一个崭新的时期，刘邦、曹操父子、朱元璋等不仅建立了王朝，而且还构建出以他们为中心的政治集团、文化集团、社会集团，这些集团自然会影响当朝，传播后世。由于他们的家都在淮河岸边，所以淮河两岸就遗留下非常丰富的关于他们的故事和传说。

基于此，我们可以说淮河是一条历史之河，淮河更是一条文化之河。

四

研究淮河流域的历史文化，对于总结历史经验，继承流域文化遗产，丰富当下精神文明的内涵，从而为今天淮河流域社会、政治、经济、文化的可持续发展提供借鉴，有着特别重要的意义。

淮滨县领导组织专家学者编写出版《淮河文化系列丛书》，是一个以史为鉴，壮大文化软实力的善举。此前，信阳市委研究淮滨县域经济的发展，就提出了“让淮河文化铸就淮滨”这一发展战略。可以说，这套丛书是闻风而动，应运而生。《丛书》第一辑共三册，其《淮河风情》共四十一篇文章，按照淮河由西向东的流向，从历史文化的角度，以淮河区域历史文化遗存、风俗民情、历史人物及民间艺术为主要叙写对象，展示淮河文化的特殊魅力；《淮河之子》则以楚国令尹孙叔敖生平事迹为叙写对象，通过诸多有关的历史事件勾勒出孙叔敖勤政、廉政的形象和为国为民、持廉至死的高尚品德；《淮河明珠》则集中展现淮滨县历史文化风貌，尤其是改革开放和近年来淮滨县发展变化情况。这三本书图文并茂，既有淮河流域文化的记录，又有淮滨地方风貌的展示，集知识性、可读性、趣味性于一身，重在彰显淮滨文化区域性特征，读之能窥探出灿烂的淮河文化之一斑，领略淮河文化的大智慧、大魅力。可以期待它的出版必定为淮河文化的研究注入新的活力，增添新的风景。

同时还可以期待，“让淮河文化铸就淮滨”的命题必将能够推动淮滨县域经济、政治、文化、社会的大发展、大繁荣，同时，我也希望淮滨县聚集更多人才编辑出版第二辑、第三辑……为淮河文化研究搭建平台，提供更多可资借鉴的文本。

是为序。

2011年12月5日于武汉闲庐

《荆楚腾越》序

由湖北省记协组织，经广大群众踊跃投票与专家评审等严格程序，“湖北省二〇一一年十件大事”终于评选出来了。省记协决定将这十件大事的新闻报道稿件结集出版，名为《荆楚腾越》。看过这些文章，不免思绪联翩，感慨系之。

二〇一一年，是湖北省实施跨越式科学发展的第一年。无论是胡锦涛总书记视察湖北时留下的谆谆嘱托，还是为了把湖北打造成促进中部地区崛起重要战略支点这一历史重任，省委、省政府领导所作出的殚精竭虑的努力；无论是情暖荆楚千万农户的“三万”活动，还是南水北调中线工程移民搬迁基本完成的壮举；无论是湖北粮食生产实现“八连增”的巨大喜讯，还是“灵秀湖北”旅游主题形象活动的展开；无论是辛亥革命、武昌首义百年系列活动的成功举办，还是武汉市及省直机关掀起的“治庸问责”的风暴；无论是第六届京剧艺术节在湖北的成功开幕，还是宜昌荣获“全国文明城市”荣誉称号给江汉大地带来的鼓舞。凡此种种，让我们欣慰地看到二〇一一年的湖北，不但龙腾虎跃，生机勃勃；而且上下齐心，屡创新局。

明朝万历年间的大改革家，被后世誉为“宰相之杰”的张居正，是湖北江陵人，他曾说过一句非常有见地的话，“世有非常之人，然后可作非常之事”。我们来看湖北二〇一一年的十件大事，件件都是非常之事。第一件大事体现的是胡锦涛总书记对湖北的关心、关切与关爱，余下九件，都是湖北人民在省委的正确领导下，落实党中央对湖北的关怀和希望，而在党建、勤政、经济、文化等诸多领域作出的不懈努力并取得了丰硕成果。俗话说“上下同心，其利断金”，全省各级干部与六千多万人民的目标一致，信心一致，步调一致，才让“十二五”规划的开局之年，是如此的灿烂而丰富，热烈而饱满。从这十件大事中，我们看到湖北在建设经济强省、文化强省的宏伟进程中，交出了二〇一一年的满意的答卷。

杜甫诗云：“江山如有待，花柳更无私。”用这句话来比喻湖北新闻工作者，也很贴切。火热绚丽的生活是江河，新闻工作者便是江上的行舟；日新月异的时代是大地，新闻工作者便是大地上的花草。最好的新闻是当下时代的写照，是此时生活的快照。省记协组织评选出的湖北二〇一一年的十件大事，既是湖北人民的大事，更是新闻工作者的大事。正是因为有一群优秀的记者、编辑，有一支值得信赖的新闻队伍，我们才能通过荧屏、报刊、网络等传媒方式读到好的新闻与报道。优秀的新闻工作者，通过他们的镜头与文字，让我们及时了解时代、了解湖北，并因此成为方方面面沟通的桥梁。从某种意义上说，新闻既是一种坚守，也是一种责任；不但需要诗人的才华，也需要哲学家的严谨。读过众多记者笔下的“湖北二〇一一年十件大事”，我们有理由相信，湖北新闻队伍的敬业精神与全省人民稳神竞进的精神风貌是一致的。这已经做成的十件大事，是湖北人民交给历史的伟大答卷。而准确及时地报道这十件大事，则是新闻工作者向全省人民交出的无愧于历史的答卷。

2012 年 5 月 27 日上午于龙潭书院

发自心灵的赞美诗

翻开王德生先生这本《诗情感动中国》的样书，未拜读，先已有了感动。盖因王先生是我同乡，都是大别山东南腹地的英山县人，且同饮一条名叫西河的流水，有了这层乡谊，对他的写作与生活便先有了较深的了解。

我们的家乡是一个贫困县，但贫困指的是地方政府的经济状况。靠着茶桑与农业，老百姓倒是衣食无忧，此地老一辈传下来的民谣“南瓜粑，蔸子火，除了皇帝就是我”便是一个证明。家乡民风淳厚，世代都有耕读传家的风俗，因此盛产读书人。乡里民间逢上红白喜事，村夫野老们聚在一起，多半都会作诗纪念，当事人也会收集这些诗作印行成册，作传家之宝。

因此，生于彼处乡邑的人们，只要精通文墨，都会以吟诗为乐事。王德生先生便是在这样的土地上成长起来的乡贤，他一辈子没有离开过家乡，用他的质朴与勤勉做着基层的领导工作。退休之后，他的全部精力，便用于诗词的写作。

一般退休老人的诗词，大多描摹身边的人事，抒发个人的心情。稼穑乡风的变迁，鸡犬桑麻的往事皆可入诗，皆能怡情。但王德生先生的创作并没有走这种用平淡的诗韵来怡养天年的老路，而是始终如一地关注时代、关注社会热点，熔思考与寄托于一炉，成为独树一帜的政治诗人。

在这本《诗情感动中国》付梓之前，王德生先生先后已有《焦点十年吟》、《奥运英雄榜》、《北京奥运之星》、《新闻调查十年词集》四本诗词集出版。单看这些书名，读者就会知道王先生的着眼点与下力处。

二〇〇四年，王先生的第一本诗集《焦点十年吟》问世。这本书的出版在当时曾引起不小的轰动。因自一九九四年四月一日至二〇〇四年三月三十一日，整整十年间，王先生必定每晚七点三十八分准时收看中央电视台的《焦点访谈》栏目，并认真做笔记，在此基础上再写七绝一首。十年下来，每翻过一页日历，王先生就依据每期《焦点访谈》的不同内容，精心创作一首诗。不谈创作的艰辛，单是这种持之以恒永不懈怠的精神，就值得称赞。当《焦点访谈》节目组如敬一丹、水均益、梁建增等同志听说此事后都大受感动，个个都题词赞颂，中央电视台台长胡占凡同志亲自为这本诗集作序。

自此以后，王先生创作诗词的激情一发不可收。《新闻调查》亦是央视的精品节目，王先生也是自一九九六年至二〇〇六年每期必看，并给广大读者奉献出沉甸甸的《新闻调查十年词集》。兹后又关注中国的奥运健儿与北京的奥运会，为那些为国争光的奥运会金牌获得者献上真诚的赞歌。

《诗情感动中国》是王德先生的第五本诗集。这一次，他把目光投向了二〇〇二年至二〇一一年这十年间由中央电视台举办的“感动中国十大人物”活动中，由全国观众评选出来的一百零七位感动中国人物。他为每一位上榜的模范献上一首七律。读到这些诗篇，诚如央视著名主持人白岩松所言：“在《感动中国》每年都感动着中国的时候，王德生先生用他的方式进一步完成着对感动中国人物的弘扬。”通读全书，我们会真切感受到，王先生的这些赞美诗都是发自肺腑的真情。

掩卷之后，我不免思忖，是什么样的精神与毅力，支撑王德生先生十几年如一日坚持对中国改革的正能量发出赞美？古人言“文以载道”，王先生的诗词中所载的“道”正是一位普通的退休老人对社会主义中国道路的阐释与赞诵。基于这一点，我不得不赞叹王先生作出的不同寻常的探索与努力。

2013 年 11 月 4 日于武汉

充满活力的追梦人

——序《追梦的青春最美丽》

二〇一三年新春伊始，我在《人民日报》发表过一篇题为《每一个春天都是改革元年》的散文。写作这篇文章的缘起，乃是想阐述青年与改革的关系。

三十六年前的一九七八年，我还是一个标准的年轻人，那一年岁暮，我在老家的一个小镇上出差，夜色降临，我在一条小河边漫步，突然听到河边一棵老杨树上挂着的喇叭响了起来。仔细一听，是转播中央人民广播电台即时播出的党的十一届三中全会公报。

我站在老杨树底下听完报告，一种莫名的冲动攫住了我的心灵。虽然北风凛冽，我却感到温暖的春意。就在那河堤上，我第一次听到“改革”这个词汇。当时，我并不理解“改革”这个词汇所蕴含的伟大意义，但凭直觉，我感到我们的国家、我们的时代以及我们的生活将要发生翻天覆地的变化。

从那时起，邓小平倡导的改革成为中国的主旋律。每一天，我们都置身在沸腾的生活中。激情与创造、速度与效率；

失落与兴奋、喧哗与骚动。万花筒式的生活，几乎成了我们生命的常态。不知不觉，我已不再是青年，但我仍葆有青春；光阴荏苒，我感到往事如烟，但我更觉曙光在前。

二〇〇八年，《楚天都市报》发起“改革三十年，影响湖北三十人”的海选活动，一轮一轮地投票，没想到最终我进入了三十人的行列，颁奖典礼上，我不禁生出许多感慨。三十年的漫长岁月，没想到这么快地度过了。但不管是风霜雨雪还是春花秋月，我们却是不离不弃，一直走在改革的路上。

去年三月，我作为第十二届全国人民代表大会的代表，在人民大会堂里，亲耳聆听了新当选的国家主席习近平热情洋溢的致辞。他在讲话中多次提到中国梦，一次又一次赢得热烈的掌声。我的思绪一下子被拉回到三十五年前，我在故乡河堤上听有线广播的情景。邓小平与改革，习近平与中国梦，这是新中国史诗中两个伟大的乐章。一个奏响了国强民富的序曲，一个迸发出民族复兴的强音。

以我的理解，习总书记提出的中国梦，既是一代代仁人志士的强国梦，也是执政党自强不息的理想梦；既是各行各业的精英梦，也是老百姓的安居乐业梦。这个梦就是民族复兴，实现它的途径就是坚定不移地走中国特色的社会主义道路。

自那以后，中国梦成为我们这个时代的关键词。它是共产党人实现理想的深情表白，也是全面深化改革的诗意表达。

共青团湖北省委编写的《追梦的青春最美丽》这部书，便产生于这样的背景下。毫无疑问，青年永远是充满活力的追梦人。调查与分析他们与中国梦的互融性以及关联度，了解与探求他们追寻中国梦的动机与情感，实乃是一件很有意义的事情。我相信，年轻人会喜欢这部书。因为年轻人总是好奇的，他们渴望了解世界，更渴望了解自己。惟其了解了自己，他们才有可能去实现中国梦——他们自己的梦。

2014年3月21日

湖北省电力博物馆展馆前言

为“留存信史，资治当世，和顺百业，教化万方”，国网湖北省电力公司在英商汉口电灯公司旧址建此电力博物馆。

荆楚电力，肇始于晚清名臣张之洞督鄂之时，起步于兵连祸结的民国之初。然其快速发展，则是新中国成立之后，特别是改革开放三十余年，湖北电力飞跃争先，水火既济，八方联通，成为中部首屈一指的电力强省。

观众走进这座博物馆，将会看到一个多世纪以来，湖北的电源建设史、电网发展史、管理演进史、能源工业成长史。同时，还能从中看到工人运动史、群众创造史、改革发展史。

我们本着继往开来、慎终追远的信念，力争让这座博物馆成为一座科普的画廊，一方智能的风景，一卷电力的家谱，一部文明的史诗。惟其如此，方不负湖北电力的发展伟业。希望走进这座博物馆的观众，都能获得愉悦。

2014 年 5 月 22 日

文化的力量

——《文化湖北》卷首语

一个国家或一个民族的强大与复兴，一定会伴随着文化的强大与复兴。而文化的强大与复兴的前提，又必定是人们对文化抱有一份极其自觉的热爱与敬畏。

中国儒家文化的至圣先师孔夫子，毕生最为忧虑的事情就是“礼崩乐坏”，他认为，一个国家的希望和命脉，全在“斯文”二字。斯文者，我们也不妨理解为“文化”。斯文不坠，方可期待文化中兴。因此，中国古代书院始终把培养人的“斯文”作为最高目标，以君子之道去培养斯文之人和文化种子，去改造和建构整个社会风骨；也以君子之道去形成社会和谐，去引导和促进整个社会文明风尚。著名的岳麓书院崇道祠里挂有一块匾额，上书四个大字：“斯文正脉”，是最好的标榜。

为了契合湖北省委、省政府提出的建设“五个湖北”中的“文化湖北”的战略构想，为建构和实现湖北作为文化强省的美好理想尽一份力量，由湖北省中华文化促进会主办的《文化湖北》杂志，应运而生。

在讨论杂志的办刊思路时，顾名思义，我们拟定了这样几条宗旨：承传和发掘荆楚历史文化遗产；修复和重现湖北文化记忆影像；传播和推介当代湖北文化成果；彰显和凝聚今日荆楚文化力量；创新和塑造湖北文化强省形象；复兴和弘扬荆楚文化担当精神。

我们将朝着这样的目标去做一些切实的文化工作。这是我们的一种自觉的文化追求，也是我们义不容辞的文化使命和文化担当。

本刊荷蒙省内外许多著名学者、作家、艺术家和各界作者的真诚支持，让我们真切感知到了另一种“文化的力量”。

说到底，文化也好比是一座宏大的城市，每一个人，都可能为这座城市的建设增添砖瓦。我们期待更多的作家、艺术家、企业家和读者朋友，聚会在《文化湖北》这片新生的文化园林里。

2013 年早春

《湖北省文史研究馆六十年》序

在党的十八届三中全会召开之后，在深化改革的热潮涌动中，在崇文重史的优良传统再度弘扬之际，湖北省人民文史研究馆迎来了它的六十年华诞。

日子朝前看，总觉得很慢；回头看，则总是很快。所谓前尘似梦往事如烟，大概指的就是这个道理。但回顾省文史馆绵算耳顺的六十年，我们却不能简单地以往事如烟述说之。它的与时代共兴衰，与省情共进退的风雨历程却无不清晰可见。

从一九五三年春夏之交成立伊始，省文史馆就注意延揽俊彦、礼聘乡贤，成为湖北省人民政府团结社会各界文化名流不可或缺的机构。六十年来，先后聘任三百四十七名才学俱超、名实兼优之士成为馆员。仅成立之初聘任的第一批馆员，就达一百一十八名之多。这一批馆员全部是清末或民国时期活跃于荆山楚水白云黄鹤之地的进步人士，他们或是辛亥革命武昌首义的志士，或是反封建反侵略反独裁的同仁。在风雨如晦的日子里他们自强不息，在急风暴雨的变革中他们追求真理，其人生或赴戎机，或赞军幕；或埋头实业，或襄理财政；或潜心书画，或清供教职。新中国成立之后，执政党设置文史馆这一机构，将这样一批社会贤达团结起来，让他们发挥其文史之才，续献芹心。对于新中国来说，这是秉承中华文化中“养士”之传统，善莫大焉，功莫大焉！

难能可贵的是，馆员们老当益壮，不孚众望。无论是建设时期，还是改革时代，他们都能恪守存史资政的职责。或实地调研，或厘清故实，就水利、灾害、文物保护、老旧文存之编辑出版、地方史志整理、社会经济发展等诸多方面做了大量工作，写出不少有分量的研究报告或有见地的政事文章。除此之外，馆员们衡文角艺，雅论清谈，无一不是谦谦君子，无一不是丹青妙手、文章硕彦。每每集会，令人生芝兰玉树于阶庭之叹！

日月行于当下，党中央疾呼深度改革，欲开人淳事简、官廉国旺的盛世。此一形势下，省文史馆岂能不御风而行，继往开来而创新局？有鉴于此，当好省委、省政府的智库乃是顺应时代，成为文史馆新的追求、新的任务。

回顾过去，云山千叠；瞻望未来，逸兴遄飞。惟政府尊贤崇文，寄予厚望；诸位馆员寸心热肠，默契精微。省文史馆必定成为锦囊存储之所，鹿洞传经之地。

2014 年 2 月 20 日

一声啼鸟破幽寂

——序印严《菩提诗画》

中国古代的文人，即便不信佛，对于禅修却也并不是一概的排斥。这乃是因为，禅不仅仅是佛教的一种修行方式，亦是一种很好的怡养心灵的生活方式。从文化的角度看，禅是佛教在中国本土化的转折点，亦是中唐之后中国佛教的主流。文人们常常以晋帖唐诗来形容中国书法与诗词的高度，晋帖以二王的笔意为楷模，唐诗以李杜为代表。但唐诗远远不止李杜。大师级的诗人，恐怕不下百人，这其中就有一个王维。

我对于王维诗的喜爱，应是四十岁习禅之后，他的以辋川组诗为代表的禅诗，代表了唐代禅诗的最高成就。尽管王维自诩为维摩诘，但在我看来，他仍是一位深谙禅趣的文人，是俗居却又离俗的大宗师。

由于对禅诗的喜欢，我近年来一直关注坊间的新书是否有此一类的出版物，总的来说不多，有分量的就更少了。重阳节后，印严从昆明来访，携来一本他编注并配有绘画的《菩提诗画》请我作序，缓了几日，待处理了几件要紧的俗务之后，再于静夜里品读这本禅书，便觉眼前有了生气，甚至有了旧友分开多时又再度重逢的那种感觉。

首先是选取的一百首禅诗，体现了印严的法眼，这些诗绝大部分为出家的僧人所写。其中又以唐宋时期的出家人为主，既见机锋，又不落窠臼。当然，最要紧的是这些诗首先是诗，机锋再厉，若不化为白云出岫样的清词丽句，也就不是好的禅诗了。

这些禅诗，早年我几乎都读过，有的还极喜欢，如唐代灵一和尚的《题僧院》一首：

虎溪闲月引相过，带雪松枝挂薜萝。
无限青山行欲尽，白云深处老僧多。

这首诗的好处，在于尽在抒情而不讲半点道理，但禅师的快乐却是可以体会的。它既“羚羊挂角，无迹可求”。又“山高月小，水落石出”，这一类的禅诗，既清纯散淡，又意味深长。

各类文学作品的选本，与其说是表现作者的才华，不如说是展现选编者的睿智，印严出家多年，并拜在当代大禅师本焕长老门下，后又入滇成为一座古刹的主持，习禅既久，眼界渐宽，深谙个中三昧，由他来选编这本《菩提诗画》，必不会误导读者。

但本书的出版形式，是有诗有画，诗是印严选出的诗，而画则是印严的画，一首诗一幅画，都是印严揣摩诗意而借用水墨作出的诠释。

三年前，印严先生出过一本画集，我亦曾为他作序，对他在绘画中所作的探索与追求有过剖析，对他援禅入画的技巧与笔墨，亦作过讨论。三年后再看他的这批画作，感到技法的变化不算太大，但心境的变化却是不小。

这些画大部分是写意的人物画。有的走得远一些，如《槿花》、《偶然》、《山居》等，人物如在梦境；有的构图极为大胆。如《绝句》、《终日看天》等，颇见作者的创建；有的饶有古意，如《沩山牛》、《古意》等，能感受作者的向往。

画中的人物，无论是头陀、老衲，还是钓叟、诗人，没有一个是眉眼大开的，要么闭目冥想，要么眯着眼睛在考虑。古代画家，讲究点睛之笔，印严偏不肯点睛，这亦是他的独特之处。当然，他不是为独特而独特，而是随物赋形，因人而异的选择。盖因菩提树下悟道的禅师，闭着眼比睁着眼更了解世间万物。

这本集子里还有一首诗，即南宋和尚道济的《偶然》：

几度西湖独上船，篙师识我不识钱。
一声啼鸟破幽寂，正是山横落照边。

南宋的禅宗，比起中唐来已经有些萧瑟了，但道济的这首诗，表现的还是禅家的正味。我用它来比喻印严的这本《菩提诗画》，便有一个现成的题目：

一声啼鸟破幽寂。

2013年10月31日夜于灯下

由《跟随》引起的话题

——傅健散文集《跟随》序

傅健在创办萃辰国学之初，我就认识她了，当时她雄心勃勃地说要走一条将国学产业化的创业之路。我听了很欣赏，但内心却很苛刻地审视她的创业伙伴，感到这些伙伴们知性大于理性，在国学与产业化这两方面都明显准备不足。也就是说，在顶层设计这个环节上没有做扎实。再者，她选择的不是北京、西安、成都、杭州这样一些一线的文化城市，而是在武汉这样一座并不太适宜于文人居住的城市来推行国学并欲产生效益，这肯定增加了可以预料的难度。

果然，在创业的道路上，傅健走了一些弯路。尽管她知道要摸着石头过河，但时代的激流过于汹涌，有些石头不是被淹没就是被冲走。

正是在曲折甚至在挫折中，傅健的心智得到了极大的锻炼。孔子讲过“生而知之”与“学而知之”的问题，窃以为上智之人是“生而知之”，这是天才；中智之人是“学而知之”，这是人才。而傅健天资很高，对国学的追求锲而不舍。起初，她请来一些专家给萃辰的学员讲授国学方面的种种知识，所讲之内容是否善知识，介绍的篇章是否真学问，当时缺乏甄别，且东一榔头西一棒子，学员们极难获得芝兰同味的乐趣。

行行复行行，心性沉潜的傅健终于找到了适宜于萃辰的打开国学之门的钥匙，这把钥匙就是禅茶。

出于机缘，她认识了武夷天心禅寺住持泽道和尚，并皈依门下。不久，她又获得同道支持，在汉口解放公园内建起了天心禅茶居。

禅是佛教中国化的标志，茶亦是我中华国粹中的国粹。两者与湖北都有极深的渊源。神农尝百草而发现了茶叶，禅宗由于四祖、五祖与六祖的接力而广被天下。神农是随州人，四祖道信五祖弘忍均为中鄂东人并都在黄梅弘法，六祖慧能在黄梅获得传位袈裟。所以说，禅与茶与湖北渊源甚深。但禅茶合一则迟至南宋，由浙江杭州的径山寺首创并衍生出茶道，日本的茶道便由此输出。明隆庆年间即十五世纪中叶，由黄山而来的僧人入住武夷山天心禅寺，才创造出半发酵的乌龙茶工艺，大红袍是此种茶系中的极品。天心禅茶亦因此而渐渐声闻天下。

今天，傅健所心仪的禅茶与径心寺以绿茶为本的茶道了无关涉，而是乌龙茶系列的上品武夷岩茶。禅茶既是生活方式，也是思想方式。无论是雨雪霏霏里独坐岑寂之斗室，还是杨柳依依中朋侪相聚于斋房，一盅霞汁，半盏玉液，既可促膝谈心，亦能思接千载，每一次茶叙都可成为一次印心之旅。

傅健即将付梓的这本《跟随》，则是她印心之旅中的心灵投影。收入集子中的四十一篇文章，都是长才小试，心声超卓。用她自己的话说，做惯了主导者而变成跟随者，这种角色的转换，表现了她悟道的那种“高山仰止，景行行止”的谦恭心态以及转识成智的历练。

关于这些文章本身，我觉得不用我饶舌作过多的评论，因为读者会从中找到阅读的喜悦。我只是想介绍傅健的这些文章是在什么样的心理与事业环境下写出的。同时，我还觉得一个人悟道应该有三阶段：一是追随，二是跟随，三是相随。这三个阶段是三重境界。在追随阶段，应是“众里寻他千百度，蓦然回首，那人却在灯火阑珊处”；在跟随阶段，应是“山重水复疑无路，柳暗花明又一村”；在相随阶段，应是“我见青山多妩媚，料青山，见我亦如是。”

现代社会，有上乘根器的人越来越少了，能够跟随大师收割思想光芒，对于悟道者来说，是可遇不可求的幸事。

2014 年 2 月 22 日于闲庐

接地气的人

——序金正鉴《撷英集》

正鉴先生属马，年届花甲，前些时正式退休。办完手续后，几位朋友小聚，祝贺他终于“致仕”，可以过含饴弄孙的悠闲日子了。席间，正鉴先生拿出一本清样，对我说：“我把近几年写的一些小文章收拢，编成了两本书，一本是与工作有关的，就不给你看了。一本是写身边人事与世态万象的，请你得空翻一翻。如果能发表一点感想，就请你写几句。”我欣然接受。

断断续续半个月时间，我读完了这本《撷英集》，倒是产生了一些感想。

《撷英集》分《世态万象》与《生活百味》上下两辑，共一百三十七篇短文。由于作者写作的动机，并不是为了发表，更不是以文字为敲门砖，去做沽名钓誉的事情，所以行文自然，不假粉饰。既不以身边小事为琐碎，亦不以世人关注的热点为巨大。心中有话就提笔写来。所以，贝·布托之死，奥巴马当选，拉登死了，汶川发地震了，十八大召开了，这样的世界性大事，他也三言两语说说感受。大机关门难进的问题，奶粉问题，假唱问题，逮着这样的话题，他也唠叨几句。甚至为朋友的孩子证婚，为老母亲祝寿，晒孙子，亲家相聚这样一些家中事，他也认真记上一笔。由此可见，正鉴是个过日子的实在人，是个有情趣的人，也是一个接地气的人。

人生一世，草木一秋。春种夏长，秋收冬藏，这种自然界的规律谁也不能违抗。记得数年前，一位退休的朋友豪迈地宣布："我的青春从六十岁开始！"豪言一出，语惊四座，我当时也为之激动，着着实实与他浮了一大白。事实证明，朋友的话并非虚言，他尚未到古稀之年，其新著便产生了"洛阳纸贵"的效果。随着科技的进步，医疗保健水平的提高，六十岁委实就是一个壮年。正鉴虽然公退，但仍气壮如牛，还能做很多事。读了这本《含菁集》后，我的另一个感觉是正鉴先生的心态很年轻，对世情的关注有时像智者，有时像愤青。当然，他从来都不是为了"救世"，为了"正名"才写文章的，他的文章是写给朋友看的，像博客，像微信，只在小圈子中传播。由于他写得有真情实感，所以朋友们都很喜欢。由此可证明一点：一个人只要不端着架子做人，不做不食人间烟火的神仙，他就一定会热爱生活，脸上的老年斑也不会像天上的乌云一样说长就长。基于这一点，我相信正鉴先生会找到一个新的融入生活的接口，让我们能经常读到《撷英集》这样的文章。

2014 年 9 月 23 日下午于闲庐

《心灵有约》序

酝酿已久的湖北首届佛教书画邀请展终于开幕了。这是湖北佛教界的盛事，也是文化界的盛事。

打开一部中国的文化艺术史，如果将佛教艺术抽掉，则这部文化艺术史必会缺失了丰富，减却了灿烂。事实上，单独出一本中国佛教艺术史也必定是皇皇的巨著。

大约从二十多岁开始，我就开始了佛教的参访与浏览，几乎所有重要的佛教名山、梵寺古刹、丛林禅迹、摩崖石刻等，都曾亲历与瞻拜。几年前，我在故宫出版社出版过一本《二十八年访禅记》的诗词书法集，记述我的心路历程。年轻时，我是“不得志而逃于禅”，中年以后才领悟到佛教的大悲心愿与菩提境界。我曾说过“政治救世，宗教救心”，我言救心者，在中国便是佛教；我也说过“人弗为佛，人为为伪”，以此来阐释大乘的追求，佛陀的慈悲。

正因为如此，我才提议由湖北中华文化促进会与湖北省佛教协会联合来主办这一次佛教书画邀请展。省佛协的会长正慈和尚亦久有此愿，因此一拍即合，双方很快商定了此次书画展的内容、规模与日期。

此次展出的一百二十幅作品，其作者既有喜爱书画的诸山长老，也有遗世独立的修行者；既有心仪佛教艺术的海内大家，也有亲近三宝的清修居士。诸位莫不以笔写心，以线参禅，笔力或有重有轻，有浓有淡，但温润其心、描摹其境，却是一脉相承。之所以叫邀请展，乃是因入展者，多半是我与正慈和尚的新交旧友，都是法喜充满的人。

最初，我们将此次展览定为“盛世佛光”，旨在见题明义，后来有几位雅士经过推敲，建议改为“心灵有约”。我觉得改得很好，故采纳。让盛世的佛光照耀我们的生活，心灵的约会便显得更加虔诚。

2014 年 11 月 21 日于闲庐

《曲江留饮》序

日前，朋友们送来《曲江留饮》丛书定稿本，请我作序。这套丛书分《岁月的馈赠》、《砖瓦的关中》、《山居的智慧》、《幸福的密码》四册，由于装帧大气、素雅，首先就引起了我阅读的兴趣。

当然，近几年出版业的发达，书籍装帧的质量提高甚快，有时也难免发生“买椟还珠”的事。但《曲江留饮》这套丛书不一样，它的确是一套文质彬彬的书，文是装帧，质是内容。文质双妙，允为珍品。

我曾将十三朝古都于斯繁衍的西安，比作一棵老槐树。这种比拟源自我儿时的记忆。小时候出远门，特别想家，在外头几乎是数着日子过，等到有一天踏上归程，远远看到小镇外头河堤上的那棵枝繁叶茂的老槐树，我心里头就一下温馨起来，念道，终于到家了。

我每次来到西安，就有那种看到家乡老槐树的感觉。这乃是因为在瞬息万变世风嚣杂的当下，惟有西安能抚慰我文化的乡愁。

我在西安有很多的朋友，也有很多徘徊不忍离去的地方，每次来几乎都会即兴写出一些诗篇，如：

半藏忧患半逃禅，冷坐蒲团静看山。
原上凭栏何处望，汉唐回首对秦川。

《初登乐游原》

长安自古帝王州，胜日长开曲水游。
起宴舞时多丽色，有人家处尽风流。
芙蓉狼藉来龙马，弦管缤纷送锦舟。
岁岁春花秋月下，争烧银烛照城头。

《游西安曲江池遗址公园忆盛唐气象》

因为在西安写的诗多，朋友们便撺掇我出一本《楚人入秦记》，收录了我这位楚人写给西安及三秦大地的诗篇。正因此，我才读出了《曲江留饮》这部丛书的韵味。

这套丛书所涵的四册，各有所重，或言朝代更替，或说秦岭风物，或品关中文藻，或述胜地新姿。细细读来，由曲江而西安，由西安而关中，由关中而三秦，由三秦而品鉴五千年沧桑，三十年改革，无一不生动，无一不心仪。

文章的妙处在于小中见大，曲中藏直、浅中蕴深、淡中出奇。丛书中的文字，说皇家、说民间、说宫苑、说坊巷，随手拈来，如说家常、说佛寺、说道院、说园囿、说别业，娓娓道来，如数家珍，更兼寻胜探幽，寻得实在，探得悠长；访古观今，访得丰富，观得细微。有些标题如《青砖易老，偈语常新》、《用整个宇宙换一颗红豆》、《城墙是一匹青灰马，寻找城池里的骑手》、《在大唐不夜城遇到梵儿》等，都会撩拨你的心弦，产生先睹为快的冲动。

书名《曲江留饮》也极为别致，曲江，它不仅是盛唐长安的繁荣象征，也是当下西安的国家级文化开发区的名称。曲江既是历史，也是现实，既是品读史诗的地方，也是创造史诗的地方。而曲江留饮本是旧时曲江的八景之一，把它用作书名，是让读者能够流连这片神奇的土地，慢慢品饮它的流金岁月，似水年华。凡是历史的，我们只能从它的背影中想象当时的辉煌，凡是当下发生的事情，亦只能从其外部感受流金岁月带给我们的沉思。丛书中收录了大量的图片，让我们从中欣赏到存活于唐诗中的长安，汉赋中的关中，饮一口时间的流水，啜一口陈酿的影像。这套书，可以陪伴我们旅行，也可陪伴我们度过生命中的花朝月夕。

最后我想说，如果是一位喜欢曲江的读者，他会读这套丛书；如果某位读者不了解曲江，他也会从这套丛书中看到这片神奇土地的前世今生。

2014年11月20日于闲庐

书如佳酒不宜甜

——序《何春祥书画集》

拿到《何春祥书画集》的样书，着实让我吃了一惊。首先映入眼帘的是何春祥先生的近照，银须飘然仙风道骨，一看便以为是友麋鹿而餐烟霞的氍毹老人。其实，春祥先生才六十八岁，用今天的标准来看，尚是壮年，何况春祥先生是军人出身，理当归入“醉里挑灯看剑”的角色中去。但他偏爱翰墨，究其因，乃是他受到了童年时代的书法启蒙老师“三先生”的影响。这三先生与他住一个村子，且住在隔壁。蓄着长须，穿着长衫，常常一手托着水烟袋，一手拿着线装书。这副样子，在六十多年前的乡下，自然会受到村子里众人的尊敬，于是也就给春祥先生留下了不可磨灭的印象，等到自己步入耳顺之年后，也想同三先生那样当一个有点文艺气质的乡村尊者。由此可见，远在童年，春祥先生就在三先生那里获得了知情达理的正能量。

这第一段的文字算是闲笔，但闲笔不闲。用我的阅历作一个大胆的判断，春祥先生这一生走过的道路与追求的事业，恐怕已经超过三先生了。

春祥先生行伍出身，从战士当到正师职领导。退休之后，再把童年的爱好捡回来，翰光墨趣，或书或画。画则花鸟，书则行隶，兴之所到，兼及其他。其怡然自乐的心态，倒真有点“雨中黄叶树，灯下白头人”的孤寂与隽永了。

从这本书画集的编排来看，春祥先生颇费心思，开篇目录之前，先列一副对联“知而不博，闻道在先”，这很值得玩味，“知而不博”是谦逊，“闻道在先”是原则。孔子言“朝闻道，夕死可矣”，这是儒家襟抱，书此联者是欣赏这种襟抱的；而本集的结尾，列于后记之后，又是一联“仰天气浩荡，省身心坦然”，这副联同样来自儒家的修身原则：孔子的“三省吾身”，孟子的“养吾浩然之气”，都是后世文人仰之弥高的大境界。春祥先生过惯了军旅生活，但做人务求慎独，一点也不敢马虎。

这本《何春祥书画集》编得很规矩，前编为画，分直幅、條屏、横幅、扇面、素描五个部分；后编为书，分扇面、直幅、條幅、條屏、对联、横幅、横披、手卷、榜书、临摹十个部分。可以看出，这种分类是依据样式而非内容。他的画小品居多，而书法除抄写自作诗外，也写了不少古人诗词与格言。我猜想春祥先生这样编排的理由，乃是并不想将这本书画集当成什么宝典，而是老老实实向亲朋好友交一份习字习画的答卷。

通过询问得知，春祥先生习字习画多年，只举办过一次小型展览，他也不擅在书画界到处走动，只是自娱自乐，自我追求。他谦称自己的书画“充其量算是一个老干部写字、学画。”这让我感动。他不膨胀自己、安守本分，这是洞穿世事、甘于澹泊的人生态度。

但春祥先生在书画怡情的追求中，毕竟还有一种别人无法揣度的快乐，这就是他的夫人王凤君女士与他一样陶醉于绘事。这也是她退休后找到的乐趣。用春祥先生的话说："老伴画工笔画，很有灵感！"夫唱妇随，游于艺苑，心灵静恬，乐莫大焉！庄子说"相濡以沫，莫若相忘于江湖"，用于何春祥、王凤君夫妇，或可以改为"相濡以沫，莫若相亲于艺事"。仅此一点，我敢断言，何先生的幸福，是远大于他当年的偶像三先生的。

最后抄春祥先生书写的一副联作为本文的结尾：

字到老来唯余辣
书如佳酒不宜甜

这是春祥先生的追求，我亦借此警醒自己。

2013 年 12 月 26 日夜于闲庐

忠学先生书法集序

忠学先生的第二本书法集即将付梓，嘱我率意说几句话。

书法乃中国的国粹，古代做官的人，放到今天来看，个个都称得上是大书法家。为什么呢？盖因那时做官的人，首先须是获得举人及进士功名的人。类比今天，即是硕士与博士。古人的十年寒窗，毛笔是唯一的书写工具。今天，没有哪位硕士与博士不会使用电脑。比之古代，亦没有哪位举人与进士不能使用毛笔。孔子曰“学而优则仕”，凡读书人最有出息的，都跻身官场报效国家，为民服务。因为这层缘因，古代的大书法家，基本上是做官的人，如王羲之、苏东坡、黄庭坚、米芾、赵孟頫、王铎、何绍基等，不胜枚举。

忠学先生同我一样，都长期从事行政工作。虽然喜欢书法，但从钢笔到电脑为主要书写工具，在工作期间使用毛笔的机会并不多。直到退到二线之后，卸下政务之累，空余时间多起来了，才又重温童年时的书法梦，过起迟到的“翰墨生涯”来。像我和忠学先生这样练习书法的老同志，不在少数。因为社会浮躁的原因，也因为有些老同志的急功近利，学了一两年，就以书法家自居，因此引起一些书法爱好者的不满，将这类人的书法称为“老干部体”。话很难听，但也道出了值得我们警惕的现象。

浏览忠学先生的书法，值得我们欣喜的是少见“老干部体”的粗俗，倒是有几分合乎文人性情的书卷气。起笔不俗，一是说明忠学先生有严格的艺术追求，二是证明他还是有童子功的。更有一点值得肯定，他书写自己创作的诗词，这也是中国书法的一个传统。如果一个人专门抄写别人的诗词格言，字写得再好，也不能称为书法家。说到底，书法家首先必须是一个文人，腹有诗书气自华，没有诗书呢，恐怕就是一个抄书匠了。

写出这段感言，与忠学先生共勉。

2010年秋

水墨中的众生之美

有的人适合当官，却不适合当文人；有的人适合当文人，却完全不能适应官场。但也有一种人，既会当官，也会当文人，张代重先生大概就属于这一种。

代重先生在武汉市从事行政领导工作多年，我认识他的时候，他还是市委副书记，当时对他的感觉，是诚恳和平易，丝毫没有那种盛气凌人的官架子。等到他退下来，我们的交往才慢慢多了起来。某一日，他送我一本诗集。说实话，收下的时候，我并没有特别当回事，盖因退下来的老同志，多半以诗画自娱，写作热情固然高涨，但常常也只能达到“自娱”的水平。及至夜深人静，心静如水时，再打开他赠送的这本由作家出版社出版的《心醉无人晓》，初读几首，便非常吃惊。这些诗都写得极有灵气，完全不像“票友”所为。没想到在官场磨砺多年且政绩不俗的代重先生，竟然深藏着一颗如此缱绻的诗心。从此我对代重先生刮目相看。

又有一次，大约五年前，我与代重先生又在东湖边上举行的一次迎春书画会上相遇，原以为他是来写诗的，谁知开笔之后，他竟然画了一幅《报春图》。画面上是一枝横斜的梅花，下面是两只作雀跃状的雄鸡。这一次又让我大跌眼镜，问他何时又开始了丹青事业？他笑着说："我一直喜欢写诗与绘画，但六十年代，家里人认为当文人风险太大，我这才考进了清华大学机械系。"我笑他大半辈子不务正业，直到桑榆晚景才重返艺术的故乡。他报以憨厚的微笑，答道："闹着玩的，闹着玩的。"

代重先生这一玩可就玩得远了，像小孩子恋上了网络游戏，愈行愈远，迷不知终其所止了。

慢慢地，代重先生画的鸡在圈子内小有名气了，在江城为人知晓了，并由鸡兼及其他灵禽与小兽，由梅而及桃、荷、菊、芦苇等。

日前，代重先生拟出一本画集并举办个展，希望我给他写个序言，我爽快地答应。品鉴老友的艺术，说点知己话儿，是一种快乐的事。

花了几天时间，欣赏了代重先生两百余幅画作之后，再联想到他的人生阅历与言行举止，便想起了一些可以言表的话头。

前年代重先生画过一幅斗方，名《晓来观花着霜否》，画面极简洁，左上角是一枝横斜的黄菊，右下角站着一只伸着脖子盯着菊花的八哥。那八哥观察菊花的神情十分有趣，小大人似的，既关注，又好奇。同一年，他还画过一幅无题画，垂着的几根参差不齐的丝瓜之下，一对看似相濡以沫的鸡夫妻领着几只活泼的小鸡娃在嬉闹，一看这"鸡家乐"，就会联想到农家乐，究其实，我们会从这幅画中领悟，宁静而惬意的生活实乃是滋养人间的天籁之乐。

类似的画不少，从中我们可以窥见代重先生的心灵，他已完全摆脱了当下社会的燥气，但他并不作哲人状，板着面孔去批判流俗，而是让一颗安静下来的心去贴近生活的真谛，用一双洗去尘虑的眼睛捕捉瞬间的美。

代重先生画作的另一个特点是充满了童趣。

去年，代重先生画了一幅名为《山桃正红时》的画。画面的主角是四只偷桃吃的猴子，这些猴子们的馋劲儿毫不掩饰，看了让人忍俊不禁。在另一幅画上，他又画了两棵斜站着的白菜，旁边，又卧了几只未褪笋叶的胖兜兜的竹笋。这画面简单，似乎只是随意勾勒的未定稿，但他却给这幅画取了一个令人意想不到的名字，叫《布衣兄》。白菜与笋，是再普通不过的园蔬山珍，是普通人吃的食品。所以，代重先生称它们布衣兄，这虽属调侃，却毫无讥刺之意。

童趣来于童心，对于老于世故的人来说，童心既不可望，也不可及。明代的大思想家李贽专门著有《童心说》，言童心为天地之本心。常言说人心险恶，指的不是童心，而是被名利熏染过的心机。还有一句话叫返老还童，这种返回，是铅华落尽，返朴归真之意。代重先生通过画笔，让我们看到了他的平而无奇，淡而有味的归真之路。

还有一点需得提及的是，代重先生的花鸟画中，有着鸡犬桑麻、瓜豆如诗的田园诗味道。他好用翠绿、明黄、嫣红等灿烂的色调，在水墨上渲染大自然的众生之美。云气氤氲的河山，点水桃花下游过的水鸭，待枯莲蓬上歇着的一只蜻蜓，觑着篱菊的一只斗鸡等等，都让我们看到了恬淡如蜜的生活，云卷云舒的闲适。有时候，代重的笔意还有一些夸张，如《新雨洗荷》，一群白鸭在丰盈如云的墨荷中穿过，知白守黑的东方意象，在这种动静相宜的对比中得到了体现。

代重先生水墨的技法也许缺乏专业的训练，但他笔下的花鸟虫鱼无不充满灵性。在艺术领域里，技法永远是第二位的，那些诠释心灵，理解生活的作品永远高居上游。这样的作品不会“神龙不见首尾”，而能够让人一看就懂，但又不至于浅薄，你可以从中读到作者的心灵与阅历。代重先生的作品并不是已经达到了这样的境界，但是，他却已经走在这样的路上。

2013 年 11 月 10 日于悦兮半岛

西安城里的神仙

去年，在西安举办的世界园艺博览会的开幕式上，韩磊与汤灿演唱的主题歌《送你一个长安》引起了大家的注意，并广泛获得好评。这首歌的词作者是薛宝勤先生。歌词紧扣西安古城的历史与当下，警句多多，如“送你一个长安，一城文化，半城神仙”，听一遍我就记住了，并且再不会忘记。因为这两句话不仅抓住了西安的人文特点，且非常传神。

我曾说过，西安是我精神家园的一棵老槐树。远方的游子回到故乡，远远看到村口的那棵老槐树，就立刻找到了回家的感觉。我每次到西安，当飞机越过秦岭，从舷窗上俯瞰渭河平原上的烟村城郭时，我的心中就有游子回家的感觉。让我产生这种感觉的理由，就是薛宝勤先生所说的“一城文化，半城神仙”。

西安这座城，无论男女老少，还是士农工商，都喜爱文化。文化在别的城市，虽然发展，虽然繁荣，但只是文化人的事，西安似乎全民都爱文化。在这座城市里当一个文化人，自然就成了神仙了。

薛宝勤先生就是这样一个神仙。

薛先生身材如鹤，不加修饰，看上去就有点仙风道骨。古人有一副联“海为龙世界，云是鹤家乡”。我每次见到薛先生，就想到这副联，特别是看到他点燃纸烟吞云吐雾的时候，就更是觉得他是一只云鹤。抽烟是个坏习惯，但对于他似乎不可或缺。

薛先生长期担任文化官员，但很难从他身上看到官气，朋友相聚，他既不眉飞色舞，也不一本正经，总是眯眯笑。但是，三两杯酒后，他的诗人气质就表现出来了。

他在读大学时就喜欢写诗、读诗。这个雅好，不但没有随着学生时代的结束而中止，也没有随着岁月的流逝而中断。过了天命之年后，他的这个嗜好反而越来越割舍不下了。这部最新编辑的《薛宝勤朗诵诗选》就是一个明证。

收在这个集子中的四十六首新诗，都是音韵铿锵适合朗诵的。朗诵诗在上世纪的五十年代至八十年代之间，曾经风靡中国。很多著名诗人的诗作都是可以朗诵的。如贺敬之、郭小川、光未然、闻捷、李瑛等人的一些诗作，因为朗诵而达到脍炙人口。但自上世纪九十年代，特别是本世纪以来，朗诵诗已经不再能吸引听众了。这种变化不能算作时代的进步，因为在国外，比我们发达的国家，如美国、法国、英国等，经常有诗歌朗诵会，举行的地点一般在图书馆或咖啡厅，对于他们来讲，这是文化的传统。中国本来也是有这个传统的，但丧失得太快。此情之下，像薛宝勤先生这样专门出一本朗诵诗选，便属于难得的坚持了。这样的诗人，这样的一本诗集在西安问世，足以证明薛宝勤先生对西安“一城文化，半城神仙”的赞誉不是虚言。

薛先生在本集收录的《致青年》这首诗中，写了这样几句：

心中有梦，就有理想
心中有爱，就有期盼
心中有歌，就有旋律
心中有善，就有圣贤

这格言似的诗句，反映了他的生活态度。在当下这个时代，做一个有理想，有真爱的人，需要很大的勇气和长久的坚持。我曾在一篇文章中说“这个时代可能不需要诗歌，但我生命的每一天，都必须有诗歌来滋润”。读了薛宝勤先生的这部诗集，就很容易引他为知己，祝愿薛先生在西安城中好好儿地当一个神仙。

2012 年 3 月 18 日于闲庐

《秦人入楚记》序

梁相斌先生是陕西合阳人。《诗经》的第一篇《雎鸠》便产生在这里。少时读这首诗，觉得很美、很温婉。后来知道这首诗产生于合阳这样没有森林滋养的粗砺之地，心中便生了疑惑。关关的雎鸠与窈窕的淑女，都应是莺飞草长的江南所专有的特产，为何黄土原上的歌谣却传出了这样的韵致呢？

认识梁相斌之后，这种疑惑才慢慢地解开。合阳的地域性虽然干涩，但其文化风情却十分丰富。一方水土养一方人，合阳的文化养出的梁相斌，热情而又细致。窃以为不管是男人还是女人，是老人还是孩子，是南人还是北人，差别不在于他们的地位和籍贯，而在于他们是否有心灵生活。

梁相斌无疑是有着心灵生活的人，滋养他心灵的除了乡情、友情、文学、艺术，还有忧患与思考。他长期在新华社工作，在几个分社担任领导。两年前，他从冰雪北国的黑龙江调任湖北分社当社长。北雁南迁，但他不是季节的候鸟，在“日出江花红胜火”的荆楚大地，开始了他“春来江水绿如蓝”的又一段激扬文字的生涯。

一次茶叙，我将近年出的几本小书送给梁相斌，他翻阅其中的一本《楚人入秦记》，当下眼睛一亮，对我说：“你是楚人，数次入秦，写出了这本书。我是秦人，来到楚地工作近两年，也有颇多感悟，完全可以写一本《秦人入楚记》，对你的书作一个响应。”诗人唱和本是雅事，但用书来唱和，则雅望有加了。五年前，我与历史学家王春瑜先生也是一次相聚笑谈，然后“唱和”了一回。他写了一本《读了明朝就明白》，我写了一本《读了明朝不明白》，一起交给广东人民出版社付梓，成了一段文坛佳话。

梁先生说到做到，不出两个月，就把《秦人入楚记》的打印稿送给了我。我的《楚人入秦记》所记的都是我数十次到陕西与秦人朋友们相聚时留下的诗词及书法作品，而梁先生的《秦人入楚记》记录的却是他来湖北近两年时间所见所闻、所思所想而发出的六个“楚问”。

楚问即是问楚，作为一个秦人，更作为一个新闻工作者，他要问湖北什么呢？细观其文，这些问题既有文化问题，也有时政问题；既有战略分析，也有民生思考。

陕西与湖北，地实毗邻。但两省风气，却迥然有异别。秦人守雄关百二，山河坦荡，故囿于传统，而不擅趋时；楚人守九省通衢，鱼米之利，故讲求商贸，而乐于变通。两相比较，秦人守之太过，楚人变之太速。梁先生以秦观楚，以楚思秦，对湖北的文化及经济发表自己的观察，提出自己的观点，并对各类时政作出及时的报道与恰当的分析。从他的六大“楚问”中，既可看到一个新闻工作者的睿智，又可看到一个文化人的操守，更能看到一个秦人的认真和朴素。

前不久，居武汉的二三秦人相聚，梁先生亦约我前去小饮。席间，他拿出一本精心装订成册的资料给我看，原来是他在新华社黑龙江分社担任社长期间，所撰写的黑龙江有关文章并附有相关领导批示的影印件。初略浏览，便觉他是一个极为细心的人。往事不忘，可为镜鉴。一册在手，并非一般文人的敝帚自珍，实在是有益于地方史志的灵心慧业。这本《秦人入楚记》放之他日，也可以当作湖北编年史的品藻之书了。

2012 年 11 月 17 日于闲庐

史记韩城

——《文化乐境》序

今年春暮，我应邀前往陕西韩城参加民祭司马迁的活动，虽然来去匆匆，但韩城仍给我留下强烈的印象。

韩城市政府提炼了一个宣传自己的口号，叫“风追司马，史记韩城”。我觉得这八个字对于韩城来说十分允当。前几天，刘磊先生从电子邮箱里传来他写的一本介绍韩城风土人情、史迹掌故的书，名为《文化乐境》，请我作序。抽空浏览了一遍，又勾起了我对韩城的诸多记忆。

我们说中国的历史悠久，这不是一句空话，而是靠一个又一个的人物，一件又一件的大事，一个又一个的地方连缀起来的。上迄春秋，下沿至今，韩城一直是一方文化的沃土，诞生过不少官员、学者，发生过不少历史事件。但最有影响的人物，莫过于写出《史记》这部不朽历史名著的司马迁。一方水土养一方人，能生养出司马迁这样历史文学巨匠的土地，我们不能不对它产生亲切，产生敬畏。

我参观韩城老街，有两件事印象很深。一是韩城当地的书法爱好者，在街边白粉墙上写字，抄录到墙上的全都是题咏韩城的诗词。参与者既有白发老者，也有年轻人，有干部，也有农民，但书壁的字体都见功力。我当时就感叹韩城是名副其实的书法之乡；第二件事是老街上众多的民居古建筑，大多有一个很高的门楼，询其故，知是在漫长的科举时代，凡中进士举人者，都可升高自家的门楼以示荣耀，久而久之相沿成俗。如果让时光倒回一个世纪，数数韩城的各式各样高矮不一的门楼，就知道这座秦川东部边沿的小城，出了多少个进士和举人。

时代变了，韩城与时俱进，也成为了渭南的一座经济重镇。但有一点它没有改变，这就是文化根脉的沿袭，人文精神的传承。

刘磊先生作为陕西文化投资公司派到韩城参与老县城修复重构的管理人员，在韩城待了两年多。他走村串巷，稽古探旧，写出了这本册子。对于旅游者来说，这是一本可按图索骥的工具书；对于韩城历史的爱好者，这又是一本有参考价值的笔记文。虽然他的笔还不能做到“风追司马”，但他却本着认真的态度在“史记韩城”了。

2012 年 10 月 13 日

故人书里酒香浓

今天是大雪节，此时的北国，尤其是东北与蒙古高原，已是一片辽阔的冰雪世界。而我的位于长江边上的书斋，窗外依然一片葱绿。尽管落叶的枫树也摇曳着枯黄的萧瑟，但樟树的枝柯，仍横陈着青葱的童话。我的书斋的窗朝南。古人的诗文中屡屡称道的南窗，我很幸运地得到了一面。

南窗下的文人生活，值得品味的不在少数，如小酌、烹茶、抄经、清谈等等。当然，点一支陈香，啜一壶普洱，闲闲地读一本故人书，亦是莫大的乐事。

眼下，在这江南的大雪节里，在冬阳照拂的南窗下，我正读着故人书。名为《风语·夜话》，作者是崔济哲先生。严格地说，这本故人书尚未出版，我读到的是样稿。

我与济哲先生神交多年，大约六年前，西安《美文》执行主编穆涛先生将济哲先生的散文集《清唱》寄赠给我。通读之后，对他的文风很是欣赏，故写了一篇《最难是清唱》的读后感。当时对济哲先生散文的印象，是关注身边的人事却不拘泥于这些人事，对时代与世情，既有新闻工作者的敏锐，又有文人的忧患，且行文没有拿腔拿调，总以平实为本。

此后数年间，我们见了三次面，一次喝茶，二次喝酒。喝茶用的是小杯，喝酒用的是大盏。我与济哲先生都属于刘伶一族，好饮且礼敬酒仙。三杯酒下肚，平时不说的话都连珠炮似地表达出来。正因如此，我对济哲先生的人生际遇，楮墨风流才有了更多的认识，也就生出了更深的感情。

《清唱》之后，他又相继出版了两本散文集，一为《风从天上来》，一为《再别界桥，再别界桥》，他都带到武汉来送我。静夜之中，灯下展读，感到他关注的事情不似过去那么宽泛，但文化的视野却越来越宽阔。看得出，他有一股不可遏制的写纯粹文章的冲动。我这里所说的“纯粹”，是指他的写作动机。他已摒弃了功利性，甚至政治性，并开始尝试与自然对话，与历史对话，并在这两种对话的基础上，开始与自己的心灵对话。

仲秋之后，济哲先生又让百花文艺出版社的编辑寄来《风语·夜话》的书稿，嘱我写点文字。一来不敢拂老友的好意，二来我的确欣赏他的散文，故愉快地接受了任务。

济哲先生在《相约去看甲骨文》中说过这样一段话：“一种文字、语言的产生。可能是无声无息地。在无声无息中产生，也会在无声无息中消失。”他说的是甲骨文，同时也说的是自己的创作。古代先哲也说过：“凡是泥土中产生的，最终必归于泥土。”这里说出的道理，不是让人沮丧的虚无，而是乐天知命的淡泊。达到了这种境界，就是平常心。用平常心来写作，从气质上说，是去了雕琢；从品格上说，就去了矫饰。

可以说，《风语·夜话》就是用平常心写出来的作品。全书三十一篇散文，分为《听雪》、《谈风》、《观云》三辑。这是一本历史散文集，三辑各有侧重。第一辑重文明发端，第二辑重历史事件，第三辑重民俗风情。

在这本散文集中，我们学到了很多历史知识。如介绍了瑞典人安特生发现了七千年前的仰韶文化，有“中国考古之父”之誉的李济先生发现了龙山文化，死于一九〇〇年八国联军之乱的满清大臣王懿文发现了三千年前的甲骨文，清朝首任台湾巡抚刘铭传发现了超级国宝“虢季子白盘”，等等，不一而足。

也许读者会说，这样一些知识，在当今互联网时代，只要我们上网搜索，很容易得到。这一点我承认，但需要说明的是，在网上可以搜索到的只能是史实。但是，建立在史实基础上的史鉴与史胆，却是作者苦心孤诣的研究。这本散文集中的史鉴与史胆，是值得称道的。

历来，文人谈史与史家谈史不在一个路数上。《史记》是文学家写出的历史经典，《汉书》则是史学家写出的历史经典，史家重脉络，文人重情势；史家重事件，文人重细节。

济哲先生注意到这一点，故将自己看中的历史人物，历史事件先作纵向的比较，再作横向的分析，然后再确定被写的对象是否有文学的价值。在他的散文中，这种方法比比皆是。历史为经，文学为纬，交织而成的便是这部《风语·夜话》了。

济哲先生在书中引用了李济先生的名言：“大地才是真正的史书。”换句话说，我们只有读懂了大地，才算真正读懂了史书。这是用文学的语言表述了历史的真谛。济哲先生理解了这个真谛，他的文中所涉及的历史事件的发生地，他都亲临过。实地踏勘让他获得挖古的灵感。有趣的是，他不仅从大地，而且还在各种民俗以及饮食中看出中国文化繁衍的脉络。在《观云》一辑中，这样的文章自成系列。特别要提的是，该辑中《醉里挑灯谈酒》这篇文章，济哲先生在文章中对中国造酒与饮酒的历史考证甚详，对历代名人饮酒的故事如数家珍，对民间饮酒的风俗习惯了如指掌。读过之后，让我这个准备退役的酒徒又生了无穷的酒兴。济哲先生善饮且能豪饮，我善饮却不能豪饮，这是一个差别，自叹弗如啊！不过，文章写到这里，我真想与济哲先生隔空对饮，浮一大白了。

2012 年 12 月 12 日于汉口锦江饭店

情发于吟，心有所寄

——序《吟踪寄笺》

人到中年之后，喜读古人书。皆因今日文坛习气深重，躁气日浓。虽不乏一流才子，亦因大千殊相，难以品鉴。因此，常以《汉书》佐酒，唐诗拥榻自娱。家住闹市腹心，却以闲庐称之，可见其心境，已归寂然。

此情之下，恰逢友人寄来陈田贵先生的旧体诗词集《吟踪寄笺》，伴着一杯清茗，流畅地读了一遍，便生了清风绕膝的感觉。

《吟踪寄笺》大致可分纪游、述史、赠友、抒怀四类。前两类是集子中的重点。纪游诗如《鸡峰山》、《肇庆星湖》、《日光岩》、《崇明岛东滩湿地》、《陇南收椒时节即景》等。述史诗如《大雁塔》、《谒秦始皇陵》、《汉台》、《荆州城怀古》等，或别开生面，或独抒机杼，皆可诵读。赠友与抒怀两类中，亦不乏佳作。陈田贵先生在《陇南剪纸》中有一联诗“出神入化情思妙，返朴归真意趣高”，完全可以概括为他写作的追求。

今人写旧体诗，大致有两道关必须通过：一是诗律，二是诗味。陈先生于这两道关，都在寻求突破，探求如何早入化境。在《大雁塔》诗中他表述："历经磨难心莲净，度尽劫波慧业垂"，这是追求者的感悟。所谓追求，一是入世，二是悟道。这两点，在陈先生的诗作中常有自然的流露。情发乎吟，心有所寄，这是《吟踪寄笺》的特色。

是为序。

2012 年 10 月 14 日于闲庐

神游之旅

——序徐新桥散文集《清甜的盐味》

徐新桥先生虽然是个文人，但奇怪的是，我与他结识并非因为文，而是经济。他长期在省发改委工作，早期负责全省文化项目的投资审核，后来又专门负责鄂西生态文化旅游圈的发展战略与项目设计。既是宏观经济方面的专家，又是战略发展规划创意的策划高手。省里一些文化旅游项目的专家评审会，间或请我来参加。我与新桥便是相识于这样的评审会上。他之所以引起我的注意，是因为他的发言从不说套话、假话。对评审的项目该肯定的就肯定，不能肯定的就一针见血地指出问题。我是文人中懂一点经济的，每次听他的发言，就感觉他是一个满腹经纶的正人君子。自然而然我们就成了朋友，对经济大局的判断，以及一些具体的经济政策，亦多次向他请教。直到有一次，他突然塞给我一本书，笑着说："请你指正。"我打开一看，是他的诗集《黑鸽子》，这才知道他是一个诗人。

自此，我们既谈文学也谈经济。今年八月在一次评审会上，他将拟出版的散文集《清甜的盐味》的打印稿送给我，仍是笑着说："我想把这本散文出版，你看看，能否写几句鼓励的话。"我愉快地接受了这个任务。

我觉得，为朋友的新书作序，既是荣幸，也是责任。因此不敢马虎，更不敢仓促成文。每次作序之前，必定要拜读全书，直到从中读出一些心得，一些值得阐发的地方，才敢动笔。

新桥这本散文集近百篇作品，多半是近两三年写出的。分为三辑，各有所重，第一辑《翠鸣晨曦》重在乡情、亲情；第二辑《风蘸果墨》偏重经济、世事；第三辑《天藏纯阳》侧重悟道、论文。

三辑文章虽内容有别，但其炽烈的情怀，丰富的心智与入世的忧患却是始终一致的。概括起来，大致可看出以下几个特点：

一是悲天悯人的精神。

在中国，由文人构成的道统，其核心便是悲天悯人的精神。悲天指的是对宇宙万物的敬畏，悯人指的是对同类的观照和慈悲。二者合起来便是悲天悯人，亦即佛教中所言的大悲心。这种大悲心，在新桥的文章中表现突出。如《伤秋》中他深深同情着一棵老榆树的命运；如《灵魂之重之轻》中他关注着几只小河虾的生死；如在《男埂女沟》中咀嚼人世的辛酸；在《樱花与炸弹》中关注人类的生存。他并没有在文章中讲什么深刻的大道理，而是通过他对身边发生的一些小事情所表现出的态度，而看出他的敏感，以及敏感背后的人文关怀。

二是亲切感人的情感。

如果用约定俗成的文学观念来看，新桥的散文也许过于零碎。但只要静下心来，我们就可以从这零碎中读出他的亲切感人的情感世界，他怀念祖父，钟情爱妻，善导儿子，从中看出他执着的亲情；他友爱同事，尊敬师长，善待故旧，从中可以体会他的友情；他亲吻泥土，回忆童年，感时吟物，从中可以触摸他的乡情。集中此类散文，随处可见。

在《学诗断想》中，有这样一段：

不错，生活是复杂的，你必须担心，刽子手和伪君子也和你同行。单纯的丝线容易被风吹断，你必须是一个复杂的人。但你的复杂必须用单纯来编织，才能够在捕捉生活的星星时，不至于带起污泥和水分。

人世的复杂不可避免，但感情的单纯可以追求。新桥抵御复杂的武器便是单纯，惟其单纯，感情世界才会丰富，内心世界才会平静。

三是关注时代的思考。

如果说悲天悯人的精神对应的是大悲心，亲切感人的情感对应的是平常心，那么，关注时代的思考对应的就是进取心。

新桥先生从来都不做生活的高蹈派，而是以非常积极的人生态度，投身于时代的洪流，当一个效命改革的建设者。

中国传统的文人，偏好坐而论道。针对这种情况，四百多年前的王阳明就提出了“知行合一”的观点。应该说，“知行合一”应成为知识分子追求的目标。惟其如此，所学的知识才能应用于实际，作用于社会，并得到检验、发挥与推广。

在新桥的散文中，为时代思考的散文占有很大的比重，如《微博选登十八则》、《华尔街危机与徐村狗命》、《有时也该给自由市场经济一记响亮的耳光》、《快放那两碗，慢吃这两碗》、《“两圈一带”奏乐章》、《小城镇挑大梁》，等等，应该说，这类文章可当学术散文来读，是新桥先生结合自己的工作写出来的。若干感悟，若干忧患，都不是空穴来风，而是有感而发。从这一类的散文中，我们既可读到作者的犀利泼辣，愤世嫉俗；也可以读到作者的责任担当，真知灼见。

常言道，在安静的日子里读故人书，宛若神游。读完新桥先生《清甜的盐味》，我又神游了一回。期望这部散文集早日问世，让更多的读者有机会进入到新桥先生的精神世界作一次神游之旅。

2012 年 12 月 2 日于闲庐

精神的牧歌

文人的交往方式有两种，一种是因人而读其文，一种是因文而识其人。我与刘频先生素昧平生，对他的人生状况一概不知。但当他的朋友寄来他自编的诗集《浮世清泉》，问我能否为之作序时，我不免犹豫，甚至还想推托。因为我们连一面之交都没有，为之作序，我能说些什么呢？

及至抽了一点时间，读完这本诗集的校样时，我顿觉像是重逢了一位久别的故人，对陌生的刘频，平添了几分亲近。

十五年前，我的诗集《南歌》在作家出版社出版。我在自序中说："这个时代可能不再需要诗歌，但我个人的生活却不能没有诗。"我这里指的诗，既是广义的，即饱满而恬淡的诗意生活，也是狭义的，即借助诗歌的写作活动，让心灵保持一种抒情的能力。

我这种诗歌的观点，可能为当今的诗坛所不屑。一些年轻的诗人，并不认为抒情是新诗的基本要素了。可是，我从刘频的谈诗的文章中，找到了知音。他说："抒情是诗歌的特征性表达方式。九十年代以后，很多先锋诗人受爱尔兰诗人希尼的影响，在诗歌作品里加强了叙述和细节描述的成分。但这些叙述和细节描述的成分，归根结底还是服从抒情的。抒情要把握好感情的浓度，这好像清水泡茶，茶叶放少了，茶就淡而无味；茶叶放多了，茶就浓得苦涩；茶叶放得恰到好处，茶就沁人心脾，回味绵长。”

刘频认为，抒情既是诗的本质，也是诗的表现手段。浏览古今中外优秀诗人的作品，我们会感觉到他们心灵的震颤。诗人的心灵敏感而又固执，脆弱而又坚强，连缀它们的便是无法复制的且又是从头开始的情感。多年前，就有人说，一个成功人士，不但拥有一流的智商，同时也必须有一流的情商。智商的高低决定一个人的能力，情商的多寡决定一个人的性格。大凡一个感情丰富的人，必定拥有悲天悯人的精神，这不仅是价值的取向，也是道德的力量。

在刘频的诗歌中，我们能看到这种力量：

在西五区的气候里，我感到水土不服
我只能用十里蛙鸣，一百里稻香，一千里月光
来填补北京时间和美国东部时间的巨大时差

《北京时间》

在离死亡最近的地方，挖掘出这一条泥土的河流
惊蛰、谷雨、芒种、立秋……二十四个节气的桨声
从这条肥沃的河流悄悄流过

《谈谈蚯蚓》

在白天，当他用浆刀糊好一块砖的时候

他同时完成了对糊口这个词的准确理解
一顿简单清苦的饭菜
似乎前生来世，等待了许久

《穷人的晚餐》

红葡萄酒，要加冰块，一个时代的
后半夜
要让它慢慢凉下来

《一座城市的下半夜》

在刘频的诗集里，这样的诗句很多，从中可以看到他敏锐的抒情能力。从这个意义上说，他是一个坚持人文传统的诗人。在接受一个网站的访谈时，他说过这样的话："不论梨花体诗歌还是摇滚式诗歌（包括'下半身写作'），都是一种极端的解构主义，是商业时代一曲浮躁的肥皂剧。它反崇高、反传统，消解诗歌的审美意义，像一头疯牛冲进瓷器店，只有破坏，缺乏重建精神。"刘频对现代某些诗歌倾向的批判，可谓一针见血。

一位诗人抒情的力量，与他悲天悯人的精神密不可分。刘频诗歌的取材，如《祖国的麻雀》、《读一本盲文杂志》、《在自来水中发现一条细小的鱼》、《记野猪岭的一次人口普查》，等等，都是撷取生活中卑微的人与事，以及自然界的微末生命，来写出一位诗人的同情与忧伤，他曾为一位植物人状态的少女写过一首诗《对她说》，其中有这样一段：

对她说，阳光变得越来越有力。

对她说，诗篇在湖边取暖，树木开始春游。

对她说，关好壁炉，新年就到了。新年的第三天是她的生日。

对她说，夜莺准备了钻石，还剩下五根火柴。

对她的耳朵说爱，对她的眼睛说爱，对她的指尖说爱。

俯下去，对她的心说爱。

读到这一段，我受到了感动；读完这首诗，我感受到刘频诗歌的价值。植物人，这是一个足以引人同情的对象，但是将她变成一首诗的素材，这就需要诗人的才情与道德。从这一类诗歌中可以看到，在刘频诗歌的河流中，爱心一直在流淌。

前面说过，刘频一直坚守着人文传统，但他却并非一个守旧的人。在诗集中，我们还能读到《一座适于人类居住的城市》、《巴黎香水》、《钢板上的露珠》这一类描写新时代生活的诗作。在这些诗行里，刘频的感情依然饱满。由此可见，刘频是一个懂得坚守而又追慕未来的人。

在诗集中可以看出，刘频沉浸在诗歌的王国中很是惬意。他似乎乐不思蜀，别无所求了。他唯一害怕的是，有朝一日诗歌会突然离开他，在《一个人为再也写不出一首好诗而痛哭》这首诗中，他作了坦率的表达：

一个人老了，稿纸上没有一丝响动
他的头低垂下来，低垂到岁月认可的程度
一个人为再也写不出一首好诗而痛哭
那孩子般委屈的泪，让另一个写诗的人

在向晚的风中噤然无声

诗在当代，已被边缘化了。可是，刘频依然这么执着地守望诗歌，并产生这种相依为命的诚挚感情。作为文人的我，没有理由不欣赏他。

2010 年 5 月 27 日夜，雨中

生命与文学的序曲

——陈为散文集序

张爱玲在她的散文里如此描写茶花的绽放：也许是在午夜时分，更深人静之时，它不问青红皂白，没有任何预兆，在猝不及防间，就整朵整朵地、任性地、鲁莽地，粲然绽开了，开得“让人心惊肉跳”。陈为以及整个“九〇后”这代文学新人的出现，似乎也如午夜里茶花的绽放。没有任何预兆，在猝不及防间，甚至连一点点试探性的声音都没有，就会突然开放得满枝满树，瞬间就进入了缤纷绚丽的文学花期。可见，这是一个快节奏的时代。似乎一切都不容许有稍微的迟疑、观望和等待。这也正好应了张爱玲那句名言：“出名要趁早呀！来得太晚的话，快乐也不那么痛快。”也是在同一篇文章里，张爱玲还写下了一句颇具预言性的话：“个人即使等得及，时代是仓促的。”

陈为自小热爱文学，中学时代就开始写作和发表过不少散文。这可能受到她的作家父亲的影响。她在大学里念的也不是中文专业，却对文学写作情有独钟，用力甚勤。现在我们看到的这部散文、小说结集，就是她在大学期间创作的主要作品的选编。正如她自己所言，这些文字是她向“终将逝去的青春”致敬的礼物，“书中的每一篇文章都涵盖着我对青春的理解和诠释”。这些作品从题材上看，大致有以下四类：

一是抒写了对养育、呵护和伴随着她，从蹒跚学步成长为今天的大学骄子的亲人们的回忆与感恩。这些散文情感真挚、文笔清丽，童年生活和成长经历中的琐碎记忆，已经不再仅仅具有狭窄的个人色彩，而是依靠散文的书写，变成了一种带有人类共有的亲情回忆和永恒意味的文学内容。像《外婆》、《我是母亲身上的星光》等，都写得亲情怡怡、其乐融融。《我是母亲身上的星光》最后有一段写道：“基因是一个神奇的东西，我身上几乎遗传了她（母亲）所有的特质，我常笑她生一个长得跟你一模一样的孩子会不会太可怕了。一样的生肖、血型、星座，两个如此相似的人在一起，其实也少不了会有大战一触即发，可母女哪有隔夜仇，和好后我挨着她的腿躺在被窝里问她，干嘛要生孩子来折磨自己，没有我你活得自在多了。”自然，做母亲的从来都不会回答女儿的这种无厘头的问话。这篇散文是这么收束的：“我如何能不明白，我是母亲身上掉下来的一块肉，亦是她整个世界里最耀眼的星光。”平淡的语言里，透射出了母爱的宽容，以及母女间的挚爱深情。

二是抒写了一个少女和她的同龄人的成长历程，虽然都是成长道路上的雨丝风片，却都是她自己亲身的经历，独特的观察、感悟与思索。这是她献给自己的青春，也是献给所有同龄人的“成长启示录”。从某种意义上说，几乎所有的创作，都是作家个人心灵的“自传”。我从这类散文里，也看到了一个内心世界极其敏感和丰富的少女所拥有的，那种渴望自立、渴望远游、渴望在天空飞翔的“小浪漫”。如《我期待我》里有一段如是写道："小时候简单的生日寄语已不复存在，我眼前的世界已不再停留在那个小县城里，我手中有大把的对未来的希冀，有清澈坚定的眼神，有搏击长空的豪情。"在《那座小城》里，也有这样独特而真切的感受："不同于幼小的眼里只看得到它的童趣，我可以感受到它平静底下暗涌的情绪，有一种往外延伸的力量，让我走着走着然后长大成人。"这些细节，应该都是作者最"本色"的表达。有的清新、明朗、积极向上，有的则带着少女淡淡的愁绪和伤感，传达出了笼罩在作者心灵深处的一种孤独感和疏离感，还有属于初涉人世的年龄里的青嫩、羞涩、懵懂、无助与茫然，以及对往昔时光的回望与眷恋。这也是这一代人青春时代最真实的情感状态。

第三类散文，是她对自我以外的这个纷纭复杂的人世间的观察、思考与发现。难得的是，作者小小年纪，初学写作，却能把目光投向社会底层，关注那些生活在社会底层和边缘的普通人的生存状况，呈现了一种温暖和真诚的底层关怀情怀。

毫无疑问，我们这个时代，在它盛世繁华的外表下，也会潜藏着一些隐痛、无奈和忧伤。许多生活在底层的人，因为生活的驱使，告别故园和亲人，在陌生和冷漠的城市寻找着自己的生存空间和自己的幸福与梦想。陈为的散文，有不少是关注此类生活在底层的人群的。如《赶路》中所写的："每每看见这种场面（指那些农民工在节假日里赶路与奔波的情景），我不会觉得吵闹，不会觉得拥挤，我反而会产生好感。候车时，我会静坐在位置上，打量周围的环境和前后左右的行人。他们从四面八方涌来，然后朝四面八方散去，在这个中转站短暂地汇聚，同坐一趟列车，甚至可以在同一站下车……"每当这时候，"我开始重新面对那些赶路的人……我钦佩那些在路上奔波的人，他们是赶路者，更是追梦人。”再如《燃烧的男孩》，写的是对一个身有残疾的少年同学的回忆，全篇闪耀着一种明亮的励志的光芒。最后一段这样写道：“请允许我这样称呼他燃烧的男孩，他在燃烧的火焰中变成了一个特殊的人，却因此曾照亮女孩心里某个黑暗的角落，一亮就是一辈子。我相信命运也会赐予他另一条路，让他和我们一样追逐着同一个太阳，沐浴着同样的月光。”

这样的文字，就是所谓“接地气”的文字了。一个作家，以文学的方式关注或介入底层现实，决不可仅仅理解为将底层和现实题材作为叙述对象，而应该在书写过程中投入自己的良知、情感、思想，使自己的文字带上温暖和润泽感。

此外，这本集子里还收入了作者写的一些电影随笔、音乐感悟、旅行散记和小说习作。这些颇具个性的文字，印证了一些批评家对八〇后、九〇后这些新生代作者的创作现象的观察：青春文学，作为一种“被命名”的类型化写作已经终结，同时也预示着当下的青春写作拥有了真正的个体自觉意识，并正以多种形态和面目呈现着这个时代个人化经验的驳杂、丰富和多样性，而正是从这“多声部”的表达里，我们能够清晰地看到在这个时代的资本、市场、时尚、偶像文化的支配下，渐渐形成新一代“青年亚文化”的影像。

这本作品集，只是这位年轻作者“生命的序曲”，也是她文学写作生涯的序曲。借用她散文里的句子说，这个年龄的女生，“好像冬日里的暖阳，就算没有高温，也可以照耀你整片天地”。我期待着，陈为在不久的将来，能以更成熟的作品，奏响她生命的华彩乐段。

2013 年农历端午于东湖梨园

南水北调工程的影像志

天地者，万物之逆旅；光阴者，百代之过客。江河不废万古流。哪里有江河，哪里就会有人类追求灿烂文明的脚步；哪里有水流，哪里就会有人类与自然环境相依相契、和谐共处的智慧诞生。

宏伟的南水北调工程，是跨越了两个世纪，在中国辽阔的山川大地上得以实施的一项战略性工程。其主要目的是为了解决我国北方水资源严重短缺的问题。整个工程分东线、中线、西线三条调水线，通过三条调水线路与长江、黄河、淮河和海河四大江河的联系，将构成以“四横三纵”为主体的总体布局，以利于实现中国水资源南北调配、东西互济的合理配置格局。

且以中线工程为例。中线水源的百分之七十，将从陕西汉中、安康、商洛地区汇聚至湖北丹江口水库，由丹江口大坝加高后扩容的丹江口水库调水，从河南南阳的淅川陶岔渠首闸出水，沿豫西南唐白河流域西侧，过长江流域与淮河流域的分水岭方城垭口后，经黄淮海平原西部边缘，在郑州以西孤柏嘴处穿过黄河，继续沿京广铁路西侧北上，穿过华北平原，直达京津……

如此宏伟的江河水利工程，需要同样宏伟的大手笔、大视角、大情怀来感受、记录、拍摄和描绘。在用大手笔描绘大江大河这一点上，中国历代先贤是给我们后人留下了优秀传统和杰出作品的。像《水经注》，那是我们的“江河文学”的不朽经典。司马迁《史记》里的《河渠书》，仅用一千六百五十五个字，就写尽了自夏朝禹王至汉武帝时代的全国水利工程的兴废与变迁，写得荡气回肠。结尾的“太史公曰”：“余南登庐山，观禹疏九江，遂至于会稽太湟，上姑苏，望五湖……”文采斐然，境界辽阔！

这本摄影集，以镜头为巨笔，以摄影者们各自不同的关注点、独特的视角和拍摄手法，同样为这项引人瞩目的、关乎国计民生的水利工程，留下了一部史诗般的“影像志”。

这些摄影者并非专业摄影家。但是他们的足迹，他们的目光，甚至他们的忧患……却更“接地气”，更具真实的“民生情怀”。他们用一张张照片所记录和讲述的，是一个个更加感人的“中国故事”和一张张更加生动的“中国面孔”和“百姓表情”。他们用了近一年的时间走完中线工程的全程，全线一千四百多公里的工程项目，他们行程一万八千多公里，从汉江源头到北京、天津。没有地方政府和有关部门的指导，没有任何专业的采访和证件，自己带着地图，带着从网上搜集的信息，爬山越岭、穿街走巷，披星戴月、风餐露宿，靠仅有的一点地理常识和地方群众的指引，寻找工程的一个个节点位置，用自己的双脚，丈量了祖国的这条“水长城”，用自己的镜头，拍下了沿线的美丽，拍下了水源的清澈和两岸的生活，拍下了工程建设的壮举。而他们做的这一切，只是为了宣传水，保护水，只是为了珍水惜源，只是为了告诉大家：生命之水来之不易！水是润泽着我们的民生、文化、智慧和整个文明的最可宝贵的命脉。

是的，大地无疆，山河永在。滔滔黄河，滚滚长江，还在朝着东方日夜奔流，高歌低唱。

南水北调工程从二十世纪五十年代开始，从提出、调研、论证，到二〇〇三年开工，国家耗费了大量的人力物力，解决了一系列地质地貌的问题，攻克了一个又一个技术课题，终于在二〇一四年全线贯通，试送水成功，并将取得润工灌农、裕民滋都的伟大效益。有了从南方调来的清水，沿线城市居民优质饮用水能够得到保证，一些城市在干旱年份将不再出现“水荒”现象。整个工程浩大，工程意义巨大，应该有更多的人用不同的方式，从不同的角度，去描绘和“解读”它，也为后人留下一些更真实的文字和影像史料。目前虽然即将全线通水，但是工程本身只是解决北方缺水的手段，并不能解决北方缺水的本源，要想从根本上解决，只有从节约用水着手，从保护水源、建设水源入手，改变生存环境，涵养水源，科学用水。

水是生命之源、生产之要、生态之基。水是我们人类生存的重要命脉，人类从出生起源到健康生存，一刻也离不开水，水是我们的生命源泉；水是现代农业建设不可或缺的首要条件，更是工业经济发展的重要因素，因此，也是经济社会发展不可替代的基础支撑；水是生态环境不可分割的重要维系元素，同时，水也需要好的生态环境来维系。水利建设具有很强的公益性、基础性、战略性，是现代社会生活的重要保障。由于社会经济的快速发展，无论在我国，还是世界上的其他国家，特别是在发展中国家，水资源不足已经令人心悸。我国的人均水资源仅二千一百立方米，不足世界人均占有量的三分之一，这还是包括已经和正在被污染的水资源！目前的干旱和水污染形势更是严峻，如果不统筹兼顾考虑经济发展和水资源自身的平衡保护，合理调配，将会给人类的生存和社会经济的发展，给人类文明的延续，带来严重的后果。

水是文明的摇篮，文化的根本。一部世界文化史，其实就是一部“水文化史”。不仅世界四大文明的华夏文明起源于黄河长江，其他三大文明的巴比伦文明、埃及文明和印度文明，也都分别起源于两河流域、尼罗河、恒河这样的大江大河，也是与水息息相关！中国悠久的水文化历史，也是中华儿女治水、用水，造福于民的历史。早在新石器时代，华夏民族就已经学会了利用水治理水。河姆渡遗址发现了中国历史上最早的水井，那时的人们已经可以根据地势高低，开沟做埂，引水排灌。历代王朝的兴盛，都离不开水利建设和水文治理，战国时期的李冰父子所建的都江堰，规模宏大、布局合理、运行科学，且与环境和谐结合，在历史和科学方面具有突出的普遍价值，至今发挥着巨大的水利功效，成为“世界水利文化的鼻祖”，被确定为世界文化遗产。大禹治水，是关于先民与洪水斗争的故事，后羿射日，是关于古人与干旱搏斗的典故；管仲关于“水者何也，万物之本原也”和老子“天下莫柔弱于水，而攻坚者莫之能胜”等是古人关于水的哲学要义，更是中华传统文化的重要部分；郦道元的《水经注》是中华水文化的杰作，《汉书》中《沟洫志》是我国历史上的第一部水利志，其中的“贾让三策”，体现了不与水争地，和水保持和谐共处的治水方略，《史记》、《管子》等，都有关于人类和水相互依存关系的记载，有些甚至是比较系统地论述了水文化与政治、经济、人文等方面的关系，论述了治水、用水、护水的方略；历史上为水利建设作出杰出贡献的，还有楚国布衣令尹（宰相）、为老百姓兴修水渠的孙叔敖，惩治河伯娶亲的西门豹，元朝贯通京杭大运河的郭守敬，唐朝“一心穿地”的姜师度，树起近代水利史丰碑的李仪祉，等等。关于水的诗词、民风习俗，更是多不胜举，优秀诗文层出不穷：《春江花月夜》、《岳阳楼记》、《小石潭记》、《荷塘月色》……但愿古人所描述的“春溪嫩水清无渣，春洲细草碧无瑕”的景象早日重回我们身边。

由此也不禁想到了杭州西湖。在东汉之前，西湖还只是一个海湾，东汉之后，才形成大湖。到了唐朝时期，才开始大规模治理。随着杭州的兴盛，西湖渐渐成了杭州的命脉，兼有供水、灌溉、济运的功能。随着治理的深入，才具有了景观功能，成为自然、人文、艺术荟萃的名湖。从唐朝到明清时期，由一个大海湾到一个风景名胜，经历了多次的修整，其中比较重要的疏浚和整治就有二十多次，白居易、苏东坡都是西湖的建设者，才有了“白堤”和“苏堤”，还有之前的六井和之后的杨公堤，等等。当初，并不是为了风景，现在，也不完全是风景。如今，在我们的生产生活中，关注水和水源如何存在的人不多，更多的人只是关注如何使用水。

沧海横流，江河滔滔。哲学家们常说：时间是一条无岸之河。而人类的灵性与创造的智慧，却如奔腾在时光大河上的不息的水流，把我们从此岸送到彼岸，把我们从迷茫的昨天、黑暗的过往，送到森罗万象的拥有现代高科技的今天，还将送到更加未知的、也必将更加智慧和绚丽的未来。

关注水健康，关注水环境，珍水惜源，应该是我们全社会，是我们每个人都应该关注的大事。从这个意义上说，这部摄影集，既是一部有关南水北调工程的“影像志”，也未尝不是一份献给读者的爱水惜水、亲水乐水的“呼吁书”。

是为序。

2014年10月

诗情都在水山中

——序王勇超先生《五台吟》

日前，收到王勇超先生即将付梓的旧体诗稿《五台吟》，书房夜灯之下细细品读，有两句像夏日的彩虹一样映入眼帘：

理趣无非花草内，
诗情都在水山中。
《飞车吟》

心中就想，这两句若抄录下来悬之书房，允为恰当。这么见性情的妙句，值得日夕观之。

我最初认识王勇超并不是因为诗，而是他的关中民俗艺术博物院。中国的文人自古以来没有不喜欢夏鼎商彝、秦砖汉瓦、晋帖魏碑、唐绢宋纸之类的古董，也不会不喜欢江河腾涌、群峰逶迤、古涧危树、野渡孤舟之类的山水。古董连着历史，山水产生天籁，文人舍此两者，便少了静雅与情趣。我虽为楚人，却喜欢西安及三秦大地，盖因此处人文底蕴深厚，历朝古董特别是中世纪之前的物产，多且精湛。我常说，西安城中的文人，十之八九都是古董收藏家，城中的商贾，十之八九都会弄一个私家博物馆。郑板桥说扬州“千家有女先教曲，十里栽花称种田”，袭其意而说西安，可谓“千家人户留文物，十里长街看汉唐”。如果说明清故宫在北京，那么整个一座西安就是一座汉唐的故宫了。

不止一次，也不止一位西安友人告诉过我，位于长安区五台镇上的关中民俗艺术博物馆值得一看，那是一位民营企业家兴造的。文物之丰，收藏之富，于三秦仅见。不少党和国家领导人都亲往参观。前年冬天机缘成熟，由西安市委宣传部马锐副部长陪同，前往五台镇参观关中民俗艺术博物院，王勇超院长亲自陪同参观介绍，看完之后，应主人之请，我题辞一纸，书“大吃一惊，大开眼界”八字。院中的展馆，几乎全是从各地拆来重新装建的古代名人院落，其规模与品级应为国内之最，院中所收藏陈列的汉唐石雕、明清建筑、佛道经卷、历代字画，特别是民国时期的名人墨迹，均为上乘。看了这些文物，不用深谈，就知道主人经历了多少曲折，花费了多少心血，受过了多少磨难。诚如勇超先生自己所说：

俗有良风民有魂，
国无传统世难尊。
轻抛万贯因何事，
留下中华一点根。

《良俗吟》

将数万件文物萃藏于一院，除了“轻抛万贯”，恐怕还得

“费尽移山心力”，还得有数十年如一日的“衣带渐宽终不悔，为伊消得人憔悴”的执着。

此次参观，给我留下了深刻的印象。王勇超性木讷，不肯多讲话，但从他憨厚的笑容中，我看到了一位立志“留下中华一点根”的文化守望者的笃定与责任。归途中，情不能禁，我在手机上写下了《参观关中民俗艺术博物馆并赠王勇超先生》诗四首：

秦川南北复西东，
民俗收藏一院中。
岁月无情人有意，
遗珠今又伴春风。

汉代风华唐气象，
寸毫彩墨叹无穷。
雕梁刻石埋荒径，
一夕归来化彩虹。

五台镇上影重重，
古宅连楹若汉宫。
感物思乡游子意，
老槐树下日初红。

每临废垒怅晴空，
又见麒麟夕照中。
故国神游逢旧雨，

寻常巷陌揖英雄。

人还未到西安下榻处，我就将以上诗句发到王勇超的手机上。在我眼中，他就是一位真正的文化英雄了，因此有相见恨晚之意。但是，更有不曾让我想到的是，当天夜里，勇超先生亦从手机上传来他的和诗，题为《熊召政先生参观敝院后，赋诗四首相赠。余感佩既深，不揣浅陋，次先生韵而和之》：

我居西邑子居东，
秦楚连心赤县中。
笔底龙蛇飞舞急，
谁将翰墨召春风？

毓秀英山含气象，
才高八斗意难穷。
诗坛共仰森林手，
华夏碧天现彩虹。

朱明正史雾重重，
龙虎风云斗帝宫。
一自高歌金缕曲，
刀光剑影血流红。

兴亡继绝志凌空，
多少遗珍苦雨中。
冬夜闻君相勉语，

五台文物敢争雄。

如果说下午参观关中民俗艺术博物院的藏品让我对王勇超第一次大吃一惊，那么，读到这四首和诗，我对王勇超第二次大吃一惊了。我原以为勇超先生只是一位深爱收藏的企业家，却没想到他竟是藻思其胸、缱绻其情的才子。顿时，“斯文同骨肉”的感受更是拉近了我们两人之间的感情距离。从此，我们以诗为媒，交往渐多。

关于写诗，勇超先生在《五台吟》诗集中第一首诗就表明了心志：

今生不欲做诗人，
聊借小诗表素心。
既获鱼珠须健忘，
莫思筌椟贵于金。

说得明白不过了，勇超不是以诗钓誉，以诗获名，而是借诗浇心中块垒，抒真实性情。这本诗集共分十辑，收录三百一十九首诗，或瞻风物，或咀英华，或品世情，或钩史迹，或寄友声，或亲翰墨，果然都是信手拈来，肆意铺陈，真的有那种漫卷诗书况味人生的达观意绪。

如对景生趣，活取古人之意：

前日见山不是山，
昨天细看又非山。
今晨静立窗边望，

依旧青山天地间。

《望山有感》

如怅世怀人，情无浪掷：

世间众仰真君子，
天下人尊大布衣。
誉满书坛无愧怍，
神游故国有光辉。

《忆卫俊秀先生》

如思念亲人，肝胆俱恸：

五台独坐自沉吟，
忽忆当年泪满襟。
五岁初尝白麦面，
当时痛煞老娘亲。

《五台忆昔》

凡此种种，不一而举。从认识论的角度来看，旧诗比之新诗，其写作更具私密性。读古人诗集，可以看到作者贯穿始终的生命史、心灵史。勇超先生承继了这个传统，读他的《五台吟》，可以从中看到他的奋斗、他的经历、他的志向与好恶、他的欢乐与忧伤。我想，这本诗集之所以被他定为《五台吟》，乃是因为他一手创立的关中民俗艺术博物院建在五台镇。镇子后头的五台山，是终南山最为著名的山峰，为区别山西的五台山，当地人以“南五台”称之。对于游客，南五台是一处名胜，对于勇超先生来讲，五台是他的人生，是他一生事业的归宿。

去年岁暮，勇超先生邀我到关中民俗艺术院过六十岁生日，我欣然前往。那一天，我穿着唐装坐上暖轿，着实过了一个传习千年的秦地传统风俗的寿辰，至今回想，犹感温馨。记得分手时，我对勇超说，来年一定与他一块登一次南五台，在那嵯峨的峰头当一次唐诗的驴友，勇超先生说他很期待。谁知俗累太多，竟难得半日之闲。眼看又到岁暮，只能与勇超先生再约明年了。

祝愿勇超先生灿烂的人生刚刚开始，更多的灿烂的诗篇还在后头的日子里等待着他。

2014 年 12 月 14 日

《山水云月》序

诗人陈熙利君，也曾是上个世纪八十年代里的一名“文学青年”。这一代出生在五十年代后期和六十年代前期的人，在成长经历、性格气质以及价值观等方面，有一些共同的特点，有些社会学家和当代文化史学者谓之“六十年代气质”。这些气质包括理想主义、英雄主义，或许再加上一点浪漫主义；由贫穷和艰辛的乡村进入陌生的城市，因此对逝去的童年总是恋恋不舍、含情脉脉，对复杂的现实又总是保持着距离，等等。这一代人还有一个致命的问题，就是一进入商品经济时代，面对经济转轨、文化转型的现实，几乎人人都变得束手无策，被动、失语，内心与现实有了明显的“疏离感”。于是他们越来越被“边缘化”，甚至开始“自我逃避”。逃到哪里去呢？热爱文学的人，最终都向着自己的内心逃去，要不就向着过去的时光逃去。所以在今天，这一代人几乎无一例外都过早地喜欢开始“回忆”和“怀旧”了。

当然，从乐观的意义上看，这一代人也有着极其鲜明的优良品性。因为是从艰难困苦和寂寞、荒唐的岁月里走出来的，有贫穷和艰辛的生活经历“这碗酒”垫底，所以这代人能吃苦耐劳，而且敢于担当；从小就接受着社会主义、爱国主义、集体主义等价值观的教育，因此有较强的社会责任感、正义感和集体荣誉感，乐于助人，不自私，而且还特别热爱自己的家乡，对家乡的父老乡亲、山山水水、一草一木，都怀有真诚和永远的感恩之心。随着八十年代改革开放的新时期的到来，在整个国家和社会面临着经济转轨、文化转型之际，这一代人内在的精神气质，其实都已经“定型”了。

显然，陈熙利也是一位富有“六十年代气质”的诗人。他十七岁就开始诗歌创作，像大部分从那个年代里走过来的“文学青年”一样，那种热爱文学、热爱乡土、热爱理想，而且永远带着一点浪漫主义梦想的美好情怀，直到今天，从未改变。已经经历过多少次沉浮和起落，也战胜了多少次痛苦和失望，多少的欢乐一去不再，曾经那么年轻的容颜也改变了模样，但他的双脚依然向着那个美好的“文学梦”不停地跋涉，痴心不变，情志不移，守望至今，无怨无悔。——那其实已经不再仅仅是一个“文学之梦”、“诗歌之梦”了，那应该是他心中最美好、最单纯的“人生之梦”、“生命之梦”，或者说，那是他和整整一代人最美丽、最崇高的“中国梦”！

因此，我也希望捧读这部诗集的读者诸君，尤其是一同从那个年代走过来的同时代的朋友们，不必仅仅以诗歌的标准来看待这本书，而不妨把它看作一个“六十年代人”的精神履历，一份心灵简史，一曲岁月的恋曲和挽歌……所有的诗歌都是旅程，所有的文学，也都是作家的心灵史。《山水云月》这本诗集，也不会例外。

熙利已经出版过诗集《山的心思》，报告文学集《隽水风流》和散文集《跨越人生》等作品集。这本《山水云月》是他的第二本诗集。有人说过，普希金一生的全部诗作中，最动人的诗篇是他献给自己的乳母、一位普通的俄罗斯乡村妇女阿琳娜·罗季奥诺夫娜的那些篇章，如《冬日的夜晚》、《给乳母》等；诗人艾青最好的诗，也是那首献给乳母“大堰河”的诗。在我看来，熙利君最动人的诗篇，也是献给自己的故乡，献给自己的亲人，献给自己的祖父和父亲的。“所有的河流都向东流去/流淌着我不安分的情感/所有的欢乐都离我远去/只有远山在呼唤我的名字……”（《沉思》）远山就是故乡，远山就是童年的家园，远山也是祖祖辈辈的亲人们生死相守的地方。

诗人的童年时代、少年时代和青年时代的大部分时光，是在山雀子欢鸣、楠竹林爆笋、映山红盛开的鄂南山野度过的。鄂南的山野、湖泊、河流、烟雨，养育了一代优秀的乡土诗人，如叶文福、饶庆年、梁必文等。熙利有许多隽永的短诗，也咏吟和赞美了这片山野的山水云月之美，如《醒来的故乡》、《江南姑娘雨》、《山村夜里》、《秋》，等等。所有的诗人都怀着忧郁的“怀乡病”。所有的诗人也都是还乡的。即使今天已经身居闹市了，“街道上的浓雾/把故乡的山路/快要在我心中覆盖得模糊的时候/我仍怀恋/露珠儿绊响牛铃的山村小径……”（《心思》），这种剪不断的乡土感情，随着今天的所谓乡村“城镇化”脚步的加快，随着一个个童年记忆中的村庄变得“模糊”，甚至已经渐渐消失，只会在越来越多的人们的心中滋长。

熙利一再说过：“我总想对得起生我养我的这块土地。即使在它曾给我磨练、忧愁、痛苦时，这种念头也没放弃过。”“我爱童年，我爱故乡，是故乡的日月照亮了我的心灵；是故乡的土地练就了我的筋骨；是故乡的山水磨强了我的意志。”“我的诗离不开故乡。”“写诗，一直是我生命意义上的享受，……是我生活中最大的慰藉、充实和幸福。”我想，这无疑是他最真实的心声。

一个真正的诗人，首先就是祖国的赤子、故乡的赤子，应该永远怀有一颗真诚的赤子之心。诗人和剧作家席勒在他的一部诗剧的序言中，写过这样一段话：“谁要是肯这样公正地对待我，为了了解我，而把这本书读下去，那么，我就可以如此地要求他：请不必把我作为一个诗人来赞美，而是首先把我作为一个真正的人来尊重。”这段话，也适合写进这本诗集的序言里。

2014 年 10 月 4 日于闲庐

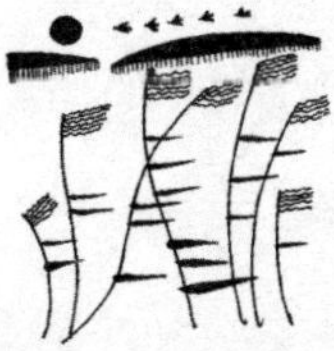

谈艺之什

享受阅读的快乐

——“阅读湖北”活动启动仪式致辞

今天是第十六个“世界读书日”。作为一个喜爱写作和读书之人，很高兴能与大家一起度过这个有意义的节日，也愿意和大家一起交流读书的经验，分享读书的快乐。

我们的国家是一个有五千年文明史的国家，祖先给我们留下了丰富的文化典藏，厚重的历史感已经成为一种基因连绵不绝地传给一代一代的中国人。很有幸我们能生长在这个国度和这片土地上，吮吸着先人们丰富的乳汁。我酷爱读书，尤其喜欢读史，就像一个小伙子因为各种机缘爱上了一位姑娘一样。每当史册在手，充满了温馨，充满了遐思，充满了一种跟古人对话的快感。我在读书中享受快乐，在快乐中享受读书。作为一个作家，这样的快感使我保持着充沛的创作激情与活力，触发着自己的创作灵感。

“阅读湖北”活动真是一个好的平台，必将吸引更多的青年人热爱读书。希望大家能够从读书中享受乐趣和愉悦。通过读书，去了解湖北乃至中华文化，牢记历史，鉴古识今，传承文明，弘扬爱国主义精神，增强民族自豪感，推动我省文化事业的发展，积极投身到我省“两型社会”建设中去。祝“阅读湖北”活动圆满成功！

2011 年 4 月 23 日

楚商宣言

无论是从世界与全国各地走进湖北，还是从湖北走向世界与全国各地的商人，今天相约于红叶金菊之时，欢聚于白云黄鹤之地。在美丽的东湖之滨，共同以楚商的名义，发表如下宣言：

士农工商乃中华传统之席次，唯远古楚国，则以商农工贾称之。商由四民之末而升之为首，这是楚国独特的文化传承。湖北作为楚文化的核心地区，它一直传承并延续着这种魅力四射的商业文明。它的内涵在于克难奋进、敢为人先、兼收并蓄、持之以恒。掸开漫漶的历史烟云，我们看到楚国先人筚路蓝缕的伟大开创，以及鸦片战争之后湖北贤达缔造的汉口开埠的奇迹。在漫长的历史实践与社会现实中，一代代的商业巨擘与企业领袖给我们留下了许多丰富的经验与宝贵的启示。

但是，我们深知，每一个时代都不同以往，都有它独自的发展轨迹与迥然相异的利益诉求，我们继承先贤却不能简单模仿，我们不能选择时代却可以勇当时代的弄潮儿。当今之世，我们早已远离单向度的生活。暮鼓晨钟、坐看云起这样一种产生于农耕文明的生活形态，似乎离我们十分遥远，古人那种

“老死不相往来”的理想国早已化为乌有。科技的发达，我们可以揽四海于一瞬；商业的繁荣，我们可以视万国如一家。世界的多极，生活的多维，每天，我们都会看到历史在创造，神话在诞生，但是，我们同时也看到了物欲的横流，诚信的缺失。

有鉴于此，我们拼搏于当下，创业于各地的楚商们，一致认为：不愧对时代，不辱没祖先，不趋附浊流，不辜负故土，将永远成为我们的警示。我们可以选择不同的商业模式，信奉不同的经营理念，但我们将遵循共同的道义：热爱我们的祖国，建设我们的家乡，丰富我们的时代，灿烂我们的事业。

“潮平两岸阔，风正一帆悬”，今日的楚商中，已拥有不少钻石级的企业家与商界领袖，但诚如拿破仑所言“不想当元帅的士兵，不是一个好士兵”，我们希望扩大我们的商业版图，希望能够打造出更加庞大的商业帝国。我们明白，唯有提供更好的服务，创造更好的商品，创新更多的经营模式，取得更多的信誉，我们的理想才能够实现，才能像荆楚的凤凰一样，翔于九天而不被云涛淹没。

一个多世纪之前，时任湖广总督的张之洞为武昌城中新修的奥略楼题写了这样的对联：“昔贤整顿乾坤，缔造每从江汉起；今日交通文轨，登临不觉亚欧遥。”在他看来，江汉大地是往昔仁人志士整顿乾坤的理想高地，而汉口开埠带来的商业繁荣，让九省通衢的武汉与亚欧的锦绣富贵之乡比肩而立，这是何等的豪迈，又是何等的自信！今天，我们在这里吹响楚商的集结号，我们将承续先贤的梦想，将他们传下的薪火化为我们共同遵守的宣言，努力谱写既属于时代也属于我们的史诗。

2013 年 10 月 6 日于闲庐

今夜星光灿烂

——湖北省“五个一工程奖”特等奖颁奖辞

因为我们的相聚，因为这一场颁奖的盛典，今夜楚天的艺术星空显得格外灿烂。电影《黎明行动》、电视剧《旗舰》、戏剧《古丢丢》、歌曲《好日子慢慢过》、长篇小说《大江东去》这五件获得国家“五个一工程”奖的文艺作品，犹如五颗耀眼的星辰，它们既让我们的观众和读者感到亲近，也散发出时代的光芒。

在最近一届全国“五个一工程”评奖中，获奖总量压缩了百分之四十。但是，我省的获奖作品却比上届有所增多，成功地实现了增量晋位。这一成就的取得，既得益于省委、省政府领导重视文化，推进文艺繁荣的战略举措，也得力于我省作家、艺术家的不懈努力。

好日子要慢慢地过，好作品要慢慢地品。优秀的作品永远是艺术的旗舰。而创作更多更好的，既传导伟大的时代精神又为老百姓喜闻乐见的艺术精品，也始终应当成为我们作家、艺术家的“黎明行动”。在此，让我们一起祝福湖北的文学艺术事业蓬勃发展，祝贺获得本届湖北省“五个一”工程奖的作家艺术家们，永远保持创作的活力，保持一颗永远年轻的心。

2010 年 1 月 8 日

让艺术之光更加灿烂

社会主义核心价值体系乃兴国之魂，在当下具有十分重要的现实意义，主流文化强势地位不可动摇。一方面，舆论阵地要让主流文化唱主角，而不是一味地迎合媚俗，要放大主流文化的声音。另一方面，精神文化产品的生产不能选择放弃或退避，文化工作者有责任担起弘扬主流文化这份历史重任。

“兵马未动，粮草先行。”我们可以把“粮草”喻之为一种制度，就是建立一种新的文化体制。文化的发展离不开创新，创新就必须进行改革。不久前，我省挂牌成立四个国有文化企业，就是文化体制改革创新的最新成果。省主要领导亲临现场为之揭牌，并称“分量很重”，充分体现了省委省政府对文化体制改革的高度重视。重商尚文，是本届省领导班子的最大特点。重商，提升的是硬实力；尚文，提升的是软实力。围绕这个目标，我省出台许多措施，特别是在文化体制改革方面，作出了不少大胆有益的探索。

文化资源大省并非湖北所独有的文化标签。实现文化大省向文化强省跨越，必须增强全省上下的忧患意识。文化体制改革的成果应该用高质量来衡量，文化强省建设需要达到一定的硬指标，那就是拥有数量众多并在全国占有较强优势的艺术大师、文学大师、文化经营大师，拥有众多的文化艺术经典、文化品牌和众多实力雄厚的文化产业集群，同时，文化产业在国民经济中占有重要比重并明显增长。对湖北而言，总结过去非常必要，更重要的是发现不足，只有虚怀若谷，才能不断向文化强省的目标前进。

湖北应该完善一种机制，让有理想、有专业知识、有担当精神和有忧患意识的“四有”之人充当文化建设的主力军，把他们放到充分发挥作用的位置。文化强省，需要一大批有文化自觉和文化自信的文化强人。以文化强人为引领，让文化强省成为每个人的理想，湖北才能真正实现文化大省向文化强省的跨越。

我们的文化大繁荣大发展的前提还是要“正本清源”，我以前说过“兴国必先兴经济，亡国必先亡文化”。如果说我们在文化上立不住，我们的改革最终会误入歧途，因此我们振兴文化是救亡图存的善举。这些年来，我觉得文化慢慢地被这个社会边缘化，这个过程中的酸甜苦辣，这种沧桑感大家都深有体会。我们要从国家战略的高度来审视我们的文化，这是新的任务和挑战。因为创作采风的需要，我这几年几乎走遍了中国所有的省市，我觉得我们现在的文化比过去萎缩了。大家感受到，突出市场效益后，文化事业越来越难做了。这里面有机制问题，也有从业者个人的操守问题。我们每年出版的小说数量远远高于过去，但值得一读的却寥寥无几。所以文化繁荣一定不是以数量取胜的，而是以质量取胜。这就要求每一个从业人员要有我们自己的道德底线。怎样做好自己，切切实实地按照大繁荣大发展的要求与理想作出自己的贡献，这说起来好像老生常谈，但却是绕不开的话题。作为一个作家，如何写出无愧于心无愧于时代的精美作品，关键在于保持忧患意识，要想到自己如何给文化发展提供了良性的动力。我们不需要那么多浮夸，我们是需要脚踏实地地做实事，每一滴水中都可以看到太阳，每位艺术家真正发出光芒，让这个社会更灿烂，这种灿烂的精神就是真的文化发展与繁荣。

2011 年 10 月 24 日

关于文艺的一点思考

从一九四九年到二〇〇九年这六十年的新中国文学，以一九七九年为界，可分为前、后三十年。前三十年的文学题材比较单一，但单一中又表现出丰富性。此一时期，较好的文学作品大致分为两类，一类是讴歌中国共产党领导人民为谛造新中国进行的艰苦卓绝的斗争；一类是赞美各族人民在党的领导下为建设新中国作出的种种努力。由于当年的作家、艺术家多半是从战争年代走过来的，加之又提倡深入生活，他们的人生经历同国家的命运息息相关。所以，彼时的文学作品少有胡编乱造。作家都含有饱满的激情，所以作品都含有温度。当然，这一时期的文学创作倾向也有值得反思的地方，就是过分强调文艺为政治服务，使一些文艺作品的宣传性大于艺术性。

从一九七九年到现在的这三十年，中国文学见证了改革开放的全过程。从改革之初的“伤痕文学”到现在的网络文学，文艺作品再也无法保持前三十年的严肃与纯情，它迅速地走向了多元化。虽然，这三十年中的文学也取得了巨大的成就，一批保持了忧患意识的作家始终没有放弃为改革、为民族前途思考的责任。但从“量”上说，或者与前三十年相比，这样的作家在现今的文学队伍中只占少数。一方面，我们仍能读到大气磅礴的、激励人奋发向上的优秀作品，另一方面，文学作品的浅表化、庸俗化、娱乐化的倾向日趋严重。这一点，不能不引起我们的关注与思考。

从历史经验看，文学的健康与国家的气象息息相关。健康的文学，必然是明朗的、昂扬的、长民族志气的、催人奋进的。它一定不是靡靡之音，而是黄钟大吕。大凡国家兴盛，文学就繁荣，文学的精神就健康。在唐朝，从盛唐的边塞诗、宦游诗到田园诗乃至禅诗，都可以看到那个时代的作家都有着积极的人生态度。到了晚唐西昆体之后，一股颓废的、消极的情结充斥文坛，国运也由盛转衰。北宋的文学轨迹亦是这样，它全盛时的文学代表是苏东坡、王安石等意气风发的作家。到了北宋末年，以李清照为代表的婉约、哀怜成为读者追崇的对象，国运也迅速衰落，以致发生了“靖康之难”那样的悲剧。

孔子认为诗可以兴、观、群、怨，即是肯定了通过文学来观察社会变迁的作用。美国的文学艺术，虽然有着娱乐化倾向，但是“寓教于乐”，几乎好莱坞所有的大片，都宣扬了美国式的民主与强烈的爱国主义精神。而我们目前一些文艺作品的娱乐化倾向，并没有让健康的世界观与人生观起主导作用。

不可否认，文学有教化的作用。现在的青少年不再崇拜英雄，而崇拜歌星、影星；不再培植理想情操，而追求安逸享乐，这一现象令人忧虑。我个人认为，当下的文学艺术应为这种现象的产生承担一定的责任。可能有人认为，进入市场经济之后，文学的边缘化不可避免，文艺欲求生存，只有走娱乐化的道路。这一点可以理解，但走何种娱乐化的道路却值得商権。一部《红楼梦》拍了又拍，一部《赤壁》的电影完全扭曲历史。这种娱乐化倾向表明：一、文学艺术的原创力正在萎缩，想象力正在消失；二、作家与导演的民族自尊心正在弱化，历史责任感已遭抛弃。明代中叶，即嘉隆万时期，是中国的资本主义萌芽阶段，是中国的城市化进程较快的时期，新型的市民阶层产生，大量的流民（即今天所说的农民工）进入城市。此情之下的文学艺术，由雅入俗，由文入戏，产生了很大的转变。但是，在不到一百年的时间里，相继产生了《三国演义》、《水浒传》、《西游记》、《金瓶梅》等一批经典作品。这些作品的作者，既把握了当时朝代的脉搏，又找到了与读者沟通的渠道。最重要的，是他们都知道如何“寓教于乐”，无不在作品中体现了作者宏大的生活视野与强烈的历史责任。相比之下，当下一些文艺作品“泡制”的成分重，创作的成分少；讲效益的成分重，讲责任的成分少；轻巧的多，厚重的少；快餐的多，精品的少。出现这种状况，一是出于市场的压力（亦即生存的压力）；二是作家、艺术家日渐丧失了职业的崇高感与道德感。

目前文艺的状况是，一方面非常繁荣，一方面又过度混乱。一些体制内的作家艺术家的创作，其动机出于两端：一端是为获奖而写，一端是为获利而写。为获奖而写的，难免有迎合与泡制的成分；为获利而写的，难免一味地迎合世俗中的低级趣味，对娱乐化社会的形成与发展起到推波助澜的作用。我个人认为，现在各种评奖还是太多太滥，设若大部分人都能获得这奖那奖，成了“排排坐，吃果果”，这评奖还有什么意义呢？

风气自上而下，风俗自下而上。提倡群众喜闻乐见，这是风俗；提升民族精神品质，这是风气。风俗产自民间，由市场决定；风气产自庙堂，由政府引导。因此，我建议像国家科技奖一样，设立国家文学奖，不单单是奖励一部作品，而是奖励一位作家毕生的创作。惟其如此，才有可能对提升文学的尊严与健康的风气起到好的引导作用。

我因在外采风，不能参加座谈会。今将我对于文艺创作存在的一些问题与建议，作一书面发言，一孔之见，提出来就教于大家。

2009年3月16日

多出大师，多出经典

文化在改革开放中的地位

前几年，有一种声音颇为流行，叫“文化搭台，经济唱戏”。我当时就想，为什么不能反过来说，叫“经济搭台，文化唱戏”呢？中国是历史悠久的文化礼仪之邦，我们一直以此为自豪。现在，文化却要在国人的心目中失去它应有的高贵与优雅，降格为经济的附庸。凭着一位作家的经验和历史学者的判断，我知道这口号源自经济至上的功利诉求，它表现的是社会的浮躁而不应是时代的进步。经济直接关系到人民的物质生活与国力的强盛，把它放在重中之重的地位是应该的，也是合理的。但把它放在“惟我独尊”的地位，却是一种非理性的结果。从“吾皇万岁”到“GDP 万岁”，是从一个极端跳到另一个极端，这没有完整地表达社会的需求。

今年，为纪念改革开放三十周年，上海文广集团决定制作一部九集的大型政论专题片，题目叫“我们的选择”，我应邀担任总撰稿。几乎从一开始，我与摄制组其他主创人员就定下这样的主题：改革开放是全体中国人民的自觉选择，所有的坎坷我们一起走过，所有的风雨我们一起经历。在该片主题歌《选择》中，我们作了这样的表达：不要问春秋有多长，不要问关山有多远。走过了往昔走到了今天，我们的选择永远不会改变……

上海，作为中国改革的经济发动机，在三十年的时间里，它创造了太多太多的经济神话。但是，在该片的第九集，也是最后一集，我们着重表述的不是它经济的辉煌，而是它文化上的追求，这一集的片名就叫《文化自觉》。

以改革开放的思维，处理与解决在改革开放过程中遇到的难题和困境，乃是我们这个时代崭新的方法论与实践论。从最初的"摸着石头过河"到现在的"和谐社会"的建立；从"发展就是硬道理"到"科学发展观"的提出，我们欣喜地看到党的领导改革的能力不断提高。佛家有一句话，叫"真佛只说家常话"。从上面这些家常话中，我们看到了理性的光芒。在最平实的语言中感受最深邃的思想，这是智慧的魅力，也是文化的魅力。

我又说到文化问题上了，事实上，"文化搭台，经济唱戏"只是改革途中出现的一个插曲。很快，国人便发现，牺牲或者冷落文化并不能让社会健康而和谐地发展。没有文化的参与，改革也不会有正确的方向。于是，文化被作为国家发展的软实力再度受到重视，建设文化强省，也成为许多省份追求的目标。

一方水土养一方文化

作为楚文化的发源地，湖北在历史中一直就是文化强省。

曾有一位先贤说过：衡量一个大学的地位，不是看它有多少大楼，而是有多少大师。这标准同样适合文化强省。历史中的湖北，的确是大师辈出的地方。单说文学艺术方面，从二千多年前的屈原开始，几乎每一个朝代，都有大师级的人物诞生。他们在诗歌、散文、小说、戏剧、杂技、书法与绘画诸多方面，都是某一个时代引领风骚的人物。我个人的意见，如果将楚文化定位，它的核心不是政治文化，而是艺术文化。在江汉平原上出土的众多的青铜器、丝绸、漆器都证明了这一点。神思巧运激情四溢，令人散魂而荡目，流连而感叹。我特别欣赏荆州博物馆中陈列的那两件漆器：虎座鸟架鼓与鹿角立鹤。那灿烂的色彩与大胆的变形，让我们感受到了远古的艺术家无拘无束的艺术创造能力。二十多年前，当我第一次面对这两件二千多年前的美轮美奂的艺术珍品时，我立刻明白到，为什么屈原的《离骚》如此地想象飞腾，原来是楚国这片大地上弥漫着的一股昂扬瑰丽的艺术力量，将他的想象力推向了巅峰。

所以，我们完全可以骄傲地说，湖北是一方文化的沃土。许多文学艺术的大师在这片土地上诞生。孟浩然的诗歌、米芾的书法、公安三袁的散文、曹禺的戏剧，等等，都曾开风气之先，他们的作品如同虎座鸟架鼓，不但代表一个时代，同时也灿烂了一个时代。

一片能够诞生大师的土地，必定也能容纳大师。王粲旅居荆州，写下了令人徘徊凄恻的《登楼赋》；李白“酒隐安陆，蹉跎十年”，在这里写下多少荡气回肠的诗篇；苏东坡客居黄州，留下前、后赤壁赋，至今依然是独步天下的不朽文章；明代嘉靖年间的吴承恩，在李时珍的故乡蕲春，在蕲王府记室的任上，写下了他的伟大作品《西游记》；上世纪六十年代，姚雪垠在当阳玉泉寺的僧舍中，写下历史巨著《李自成》第一卷的初稿；一九七七年，徐迟在东湖之畔，写出中国报告文学里程碑式的作品《哥德巴赫猜想》……

两千多年来，在这片土地上诞生的或者居住过的大师，都以自己的作品丰富、肥沃着这片土地。他们所处的时代环境不同，人生的经历也不同，但他们献身给艺术、追求卓越的品质却是惊人的一致。

俗语说，一方水土养一方人。延伸开来，也可以说一方水土养一方文化。因为形成的原因不同，繁衍的脉系不同，文化便带有鲜明的地域特色。有的文化适合于政治家的成长，有的文化适宜于企业家的培育。湖北的文化，应该是诞生文学艺术大师的摇篮。

不拘一格用人才

我个人认为，湖北若要强化和巩固文化强省的地位，首先应培植一批文学艺术大师。

当然，大师级的人物，不是想培养就培养得出来的。伯乐与千里马，一样都不能缺。陈寅恪与钱钟书，可谓当之无愧的学术大师。他们在年轻的时候，就显露出非凡的才华，学术界也都给予充分的赞赏。但是，他们的老师几乎用同样的口吻评价："这个人非常聪明，只是书读得少了。"说这话的时候，两人已名满天下。若以他们的读书量来衡量，今天可能一个大师都没有。

比之往昔，今天的作家、艺术家的学养都有所欠缺。一四〇二年，当燕王朱棣率兵从北京出发攻打南京时，他的首席谋士，大和尚姚广孝说：“殿下，你打下南京，有一个人你千万不能杀他。”朱棣问是谁，姚广孝说：“方孝儒。”朱棣问为什么不能杀？姚广孝说：“这个人是当今朝代的读书种子，你若杀了他，天下就没有读书种子了。”朱棣没有听从姚广孝的劝告，最终不但杀了方孝儒，而且还诛杀了他所有的亲属和学生。朱棣犯下的错误，导致明代文运萎缩了一百多年。虽然，成为永乐皇帝的朱棣组织一大批高级知识分子编纂了历史上最大的图书集成《永乐大典》，但这已不能从根本上挽救明代文化的倾颓之势。因为，读书种子的消亡，预示着这个帝国的想象力的毁灭。

没有想象力，便没有国家的昌盛；没有想象力，更没有作家、艺术家。想象力虽然由一个人的天赋决定，但也和一个人的学养、阅历有关。很难想象，一个读书太少、经历贫乏的作家，能够写出传诸后世的经典名著。

所以说，大师级的人物，是可遇而不可求的。如今，我们的领导都承担着伯乐的角色，他要找出文艺的千里马，加以培养和造化，这是功在当代、泽被后世的盛德。我们既要提防“叶公好龙”的心态，又要注意不可“拔苗助长”。大师虽然可遇而不可求，但求而不遇或遇而不求的现象都有可能发生。

事实上，在荆楚大地，伯乐相马的故事并非空穴来风。刘备在襄阳的隆中发现了诸葛亮；禅宗五祖弘忍在黄梅东山发现了六祖慧能；一五四〇年，时任湖北巡抚的顾东桥发现了十六岁的少年才俊张居正。这都是识人才于未萌，奖掖后进的历史美谈。由此可见，湖北不缺千里马，湖北也不缺伯乐。

清代诗人龚自珍目睹晚清政局飘摇，曾大声疾呼“我劝天公重抖擞，不拘一格降人才。”龚自珍认为天下大乱，是因为缺乏治理国家的人才。在这一点上，他的观点显然没有张居正高明。张居正说："天生一世之才，必足一世之用。"他又说："世有非常之人，然后可作非常之事。"既然是非常之人，若没有特别的胸怀便很难容纳。从历史的经验看，问题的关键不是"不拘一格降人才，"而应该是"不拘一格用人才"。如果用时下流行的统一标准去选拔人才，就是定于一格。这样，一些"非常之人"便得不到足够的重视和运用。

文艺家是文艺繁荣的主体

三年前，一位地方上的行政领导调任某文艺团体担任党组书记，他问我应该采取何种工作方法，我说了七个字："文人宜散不宜聚。"文人的生活习性与工作性质决定了他们的存在方式。若让他们聚在一起，便会加剧他们之间的矛盾和混乱。"文人相轻，自古皆然"，这是一个特定群体的难以更改的行为。我们无法改变它，但我们可以疏导。因此，文艺界的领导，要想繁荣文艺，不仅要关注面，更要抓住点。面指的是整个文艺界的方向、政策、机遇与挑战；点指的是文艺家个人。文艺家个性鲜明，千差万别。与某一个艺术家的相处方式，不一定适用于另一个文艺家。这就需要我们的领导要特别有耐心，特别有智慧。文艺家是文艺繁荣的主体。只有激发了文艺家们的创作热情，文艺繁荣的局面才有可能出现。

对文艺家，理解是前提，但引导也必不可少。我们重新仰望那些文学大师、艺术大师，会发现他们有一个共同的特点：对所从事的职业怀有宗教般的虔诚。以致有西方哲人说：艺术就是一门宗教。反观现在，一些文艺家缺少这种宗教情感，对自己所处的民族与时代，缺少忧患、缺少担当。因此也缺乏“语不惊人死不休”的艺术追求。

引导文艺家走向真正的“德艺双馨”的境界，在物欲横流的时代，诚非易事。但凡有困难的地方，也一定是领导施展才华与能力的地方。因为“有教无类”，孔子才成为了伟大的教育家。若能在文艺界施行“有导无类”，方体现出领导的智慧。

文艺界第二个需要引导的是：要理直气壮地鼓励文艺家们创作“主旋律”作品。

首先，我们要认识到什么是“主旋律”作品。

在中国作家协会召开的科学发展观的调研会上，我曾就“主旋律”作品作了一次发言。我的定义是：凡是弘扬了民族精神的，描绘了时代特质的，体现了国家意志的，表达了人民愿望的又为广大民众喜闻乐见的作品，就是主旋律。如果将主旋律作品当成好人好事的表扬稿，这实际上是对主旋律作品的极度贬低。

基于这一认识，我们的作家、艺术家创作的大量作品，都应该属于主旋律的范畴。主旋律的作品，除了内容之外，其形式也应该是健康明朗的。从某种意义上讲，这一点尤其重要。研究中国历史，就会发现，凡是一个生机勃勃的时代，与其相应的文艺作品，也必然是积极向上的。我们说盛唐气象，便可从李白的诗歌、公孙大娘的浑脱舞、张旭的草书、吴道子的绘画中找到它剑气横溢的雄健气魄。反观北宋末年，以苏东坡为代表的豪放派文学不再受到世人推崇，而李清照的婉约却成了文学的主流。这种靡靡之音成了朝野共同欣赏的风俗，国民在娱乐化社会中醉生梦死。不到二十年，提倡婉约的宋徽宗便成了大金王朝的俘虏。历史的经验值得注意，一个国家一旦失去了英雄气概，它的国民不再欣赏英雄主义的作品，那么国家的危机便已滋生。

有鉴于此，希望我们的领导一定要关注文艺气象。我们需要繁荣，但我们更需要积极向上的主旋律。我敢断定，能写出主旋律作品的人，一定是大师级的艺术家。只有更多的大师出现，只有这些大师受到社会上的广泛尊重，我们才有可能避免文艺的劣质化倾向，也从而在根本上防止了娱乐化社会对国家的侵害。

2008 年 11 月 22 日于上海峻安酒店

女性之歌，生命之光

在纪念中国共产党建党九十周年之际，由 SMG 尚世影业出品制作的三十集革命历史题材电视剧《新四军女兵》正在荧屏热播。今年“红剧”扎堆，其中改编自“红色经典”的作品居多，而《新四军女兵》因其原创性和新的审美观念而备受瞩目。

《新四军女兵》取材于抗战爆发后一批热血女青年走上抗日前线的故事，塑造了一个在国破家亡的危急时刻，毅然加入新四军战地服务团，经受战争洗礼的英雄群像，题材非常新颖。在以往的“红剧”中，专门表现抗日女兵群体的作品几乎没有。《新四军女兵》是我国第一部全面表现新四军女兵的影视作品，可谓填补了一个空白。剧中，一群性格各异的女青年向观众走来，她们中有才艺出众的向瑞云，有学习舞台表演的林薤，有来自南洋的华侨盛子钰，有山野妹子陶七妹，还有上海女知识分子文曰白，共同的救国心和爱国热情使得她们加入到新四军这支优秀的革命队伍，她们经历了“皖南事变”等一系列严峻的考验，这群文化不同、出身不同、性格不同的女兵们，经过血与火的洗礼，最终成为光彩照人的新女性。可以说，《新四军女兵》艺术地展现了女兵们的精神风貌，揭示了她们在新四军这座革命大熔炉里脱胎换骨的成长过程。

以往革命历史题材的“红剧”中，亦不乏善良美丽的女性形象，但她们大多是男性角色的附庸。《新四军女兵》却开创性地以一群女兵为主角，描写女兵们在特殊历史阶段的感情、性格和战斗经历，书写了一部撼天地、泣鬼神的女性战争史诗，在题材和内容上独具新意。因为塑造的是女兵群像，因此该剧别开生面地创造了另一种战争剧的模式，即并非正面全景式地展现战争的阳刚之气与波澜壮阔，而是独辟蹊径地从战地服务团这个集统战、宣传、动员为一体的重要部门展开，表现了残酷战争中旖旎多彩的另一种面貌。过往的一些作品，常常善意地希图“战争让女人走开”，而在《新四军女兵》中，女兵们却直面战争。对于她们来说，体内所蕴藏的坚强刚毅的气质一点都不亚于男性，尤其在关乎生死存亡的极端情境下，她们更是显示出有别于男人的超常的力量。在女兵向瑞云的身上，既有坚韧不拔的意志和品格，也有女性的独特魅力。向瑞云是当年投身抗日战争众多女战士的典型代表，她富有理想，性格耿直，深明大义，在艰苦的战争中她跟男战士一样出没于硝烟之中，在被囚禁上饶集中营期间，她坚贞不屈，坚持斗争，显示出过人的组织才能和对敌斗争意志，最后在茅家岭越狱时为救援同志再次负伤被捕，受尽折磨。但是，她也是一个特别爱美的女孩子，平时很注意自己的仪表仪容，在穿军装这件事上特别讲究，一条红围巾将土布军装穿得不同于他人，显得别有时尚之味。这与她是一个文艺女兵的身份是吻合的，在战争年代还追求时尚倒是极其传神的一笔，这使得女兵的形象更加立体和真实，也让残酷的战争多一点浪漫。

《新四军女兵》是一部激荡着人性光辉的女人戏，作品以人性化的笔触对女性美好的情感世界进行了细致描绘。剧中的这群女兵并不是没有七情六欲的铁娘子，她们性格各异，拥有各自的爱情、亲情和友情，生活中的种种柔情都令观众感动不已。剧中的杜铁英性格刚烈，因饱受战争磨练，有时表现得不太近乎人情，但是，当她半夜里一个人独自泡在温泉里想念英勇牺牲的丈夫时，不禁泪流满面。这难得的温柔让其他战士改变了对她刻板的印象，同时也让观众为她掬一把同情之泪。这种在烽火中体现出来的女性的柔情，不仅能让观众受到爱国主义和英雄主义的熏陶，更能让他们受到真善美的人性感染。同时，由于该剧具有较大的年代跨度，使得作品比较充分地展开了女兵们在风雨中一路相伴所建立起来的彼此间的深厚情意，尤其是在新中国成立之后，这些经历战火洗礼的女战士，在一系列政治风波中，依然保持共产主义信仰，珍惜革命友谊，相濡以沫，体现了高尚的人格力量和完美的人性之光。这是《新四军女兵》在塑造人物上的又一突破。

同样地，《新四军女兵》在视觉审美上，也给今天的观众一种全新的观感。从红色偶像剧《风华正茂》开始，影视剧在表现过往的峥嵘岁月时，不再是那种灰土灰脸，而是溶入了当今人们审美的需求，在制作上力求精致，在美术及化妆上也凸显唯美。剧中集中了当今一流演艺明星，青春气息浓厚，想必会受到广大青年观众的喜爱。

都说女人是弱者，然而，面对战争，《新四军女兵》让我们看见更多的为实现和平而战的伟大女性。在民族危难之际，她们背负起自己的那一份责任，勇敢地走在时代的前面，并用沸腾的热血浇灌青春之花。为这样伟大的女性而放歌，是时代赋予我们文艺工作者的光荣使命，是中华民族五千年光辉历史薪火相传的女性之歌、生命之光。

2011 年 6 月 21 日

人才高地

一次，与著名作家胡平聊天。说到中部崛起，胡先生的观点是，中部六省，在中国历史中，就是中原。古人讲“逐鹿中原”，就是在中部这片土地上争夺控驭国家的权力。中国的国运，与中部紧密相连。中部兴则中国兴，中部塌陷则国运呆滞。胡平是我老友，平生好作惊人语。但此一观点，虽然惊人却并不偏激。

中部六省横跨长江、黄河。中华民族的两大文明在这里风雷激荡、交汇融合。自周以降乃至民国，多少改朝换代的悲喜剧在这片土地上演，多少扭转乾坤的大英雄在这里诞生。历史中有多少帝王将相、才子佳人、能工巧匠、道客禅师，在这里留下不可磨灭的遗踪。现实中的改革人物、商界巨擘、科技精英与文艺大师，又给我们时代留下多少新的佳话。古人诗“江山代有才人出，各领风骚数百年”。完全可以骄傲地说，在中国历史上领风骚的人物，是我们中部地区的土特产。

有一次，与中国人民大学校长纪宝成先生谈文化问题，我对他在大学中率先成立国学院表示敬佩。我脱口说出两句话

“亡国必先亡文化，兴国必先兴人才”。他非常赞同。现在，将这两句话套用于中部地区，同样适合。

在历史中，中部从来就是中国的人才高地。因为有了人才，中部才有了让人景仰的历史高度与政治神话。居庙堂之高、处江湖之远，是两种不同的人才。但庙堂与江湖，并不一味地对立，两者常常可以互换。说到这一点，我想到安徽，揭竿而起推翻秦暴政的带头人，是安徽的陈胜、吴广，这两人是文盲，是地道的农民。他们之后过了千余年，出了一个朱元璋，同样是文盲、是农民，结束元朝统治而开创大明王朝。朱元璋之后又过了六百余年，他老家凤阳的小岗村农民，秘密“分田到户”，干起了大包干。正是这几十位农民的叛逆与自救，掀开了中国改革开放的序幕，如今已历三十年，中国发生了数千年未有的变化……

以历史唯物主义的眼光来看，陈胜、吴广、朱元璋以及小岗村的农民，他们虽然都是文盲，但都是推动了历史前进的人才，而同属于中部的楚庄王、曹操、武则天、张居正、曾国藩、黄兴、毛泽东等人，这些胸富韬略的领袖，就更是改写历史的伟大人物了。

2009年3月10日

我们的怀念

虽然，在经历了许多事情之后，我们的心灵已足够坚强。但是，今天，在这里，我们才发现，我们的心灵还是如此脆弱。因为，我们无法相信，一个曾与我们朝夕与共、风雨同舟的朋友，会突然离开我们，远行到一个陌生的世界。

杨骏，这曾经是一个灿烂的名字，在中国证券市场的星空当中，他也曾经是一颗耀眼的星辰。至今，他的光芒仍没有减弱。在很长的时间里，我们分享他的智慧。有时，我们无法理解他的孤独。但在更多的时候，我们接受他的观点。创新改变命运。

有时，人拥有很长的生命，可是他的明天总是在简单地复制着昨天。但你并不是这样，你希望每天都拥有崭新的太阳。左手的春天鲜艳绚丽，而右手的秋光更是浓郁非常。为了这种诗意的追求，你将少年的苦难转化为年轻的梦想，继而衍生出三十岁的辉煌，四十岁的风霜……

一个睿智的人，如果同时有着坚韧的性格，他一定把尊严看得比生命更为重要；一个丰富的人，在最需要友情温暖的时候，往往会选择孤独。我想，这应该就是杨骏。对于年长者，他是可畏而又可信的后生；对于后来者，他是可敬又可靠的老师。把欢乐送给朋友，把痛苦留给自己，在常人无法理解的地方，我们看到了一颗坚强的心。

今天，你所有的朋友，齐聚在这里品读你的人生，像品读一篇不老的童话，怀念你在我们身边的日子，像怀念一首隽永的诗歌。我们知道，你并不需要我们奉献鲜花，可是，除了鲜花，我们还能给你什么呢？杨骏，我们的朋友啊，佛陀的慈悲永远与你同在。

2009 年 6 月 23 日夜匆草于利川

世博会湖北馆主题词释义

一　清清江湖水，悠悠故园情

湖北为水资源大省，素有“千湖之省”之称，且长江、汉江、清江流灌其中，以“江湖”来泛指湖北之水，既有形、又有质。清清，指江湖的水质，喻指环保。人类逐水而居，凡有水源处必有人家。故园，喻指水源处是人类的家乡。水源众多的湖北，是宜居家园。悠悠，是深长而绵远的意思。深切地爱自己的故乡，可引起游客的共鸣。

二　城中楚韵，原上江湖

楚韵，指楚文化的特色。城市文化各有特色，如吴越文化浸润的上海、南京、杭州等，而湖北城市，都有鲜明的楚文化特色。以“楚韵”定义，则涵盖了楚文化的各个方面。原上，指江汉平原，借喻湖北。“江湖”之意，前面已经阐述。

2008 年 7 月 22 日

一切从零开始

如果说悠久而灿烂的华夏文明是从一个山洞开始的，我们可能会感到有点奇怪，但事实就是如此。五年前，我第一次来到随州，站在厉山的那个山洞里。有人告诉我，这是炎帝神农的诞生地。那个山洞局促、潮湿，但是，并不妨碍一个巨人在这里诞生。

大凡一个历史悠久的国家，在它的山河大地上，必定会留下许许多多的古迹。这些古迹是历史的见证，是文明星河中一颗颗闪闪发亮的星斗。随州厉山的那个山洞，走出了炎帝，因此也可以说，这个山洞里走出了中华民族。

作为中华民族的后裔，作为炎帝的子孙，我们可以骄傲地说，我们是地球上最为古老也最为优秀的人类。从炎帝到黄帝，从半坡到河姆渡，从马家窑到三星堆，我们伟大的祖先，在黄河、长江蜿蜒其中的这一片东方的大陆上，开始创造出人类最初的智能风景。尽管在五千年前，我们人类赖以生存的地球还处在野蛮的洪荒时代，但中国的大地，已经诞生了美丽的童话，创世的诗篇。

在去年的《颂炎帝文》中，有这样两句："厉山共群山而逶迤，姜水引众水而浩荡。"这里面表述了炎帝与华夏文明的关系。在中国的文化脉系中，历来有道统与政统之分。道统涵盖了以科技、文艺、伦理与情操为代表的物质及精神文明，政统包括了以社会、族群、治理与发展为代表的政治与制度文明。我们中华民族两位伟大的始祖，炎帝与黄帝，便是从道统与政统两个方面缔造了永不凋谢的华夏文明。从简略的历史与传说中，我作了一个大胆的推断，炎帝创造了道统而黄帝创造了政统。当然，二者之间并不能截然地分开，他们相辅相成，风雷激荡。最终，两颗文明的胚芽长成两棵参天的大树。

在《易经·坤卦》中，我们远古的圣贤用"厚德载物"四个字来赞美大地。我猜想《易经》的解释者一定是受到炎帝神农的启示。中国的道德两个字，是东方哲学美妙的结晶。道指的是自然、客观。德，是顺应这自然与客观作出的判断，并据此制订人类的行动指南。在今天，道德是一个词，但在古代，它是一门哲学。大约公元前六世纪，老子的《道德经》横空出世，它上承了炎帝的思想，而开启了影响后世的智慧之门。这道门，我们称它为"众妙之门"。

与道德相对应的，是政治。政，是人类活动中汪洋恣肆的状态。治，是基于对政的理解和把握，从而制订策略，对人类的活动作出有效的管理。西方的科学家曾说过："宇宙最明显的属性，就是它的不稳定性。"人类社会运行的规律，同宇宙一样，永远充满了不稳定性。在不稳定性中找出社会发展的途径以及社会管理的方法，这就是政治。黄帝是中国第一个政治领袖。略晚于老子的孔子，在其创立的儒学中，承接黄帝的智慧，实乃开启了中国政治文明的先河，孔子正是因为做了这样一件有益的工作，他被称为“万世师表”。

炎帝与黄帝，道德与政治，他们互为表里，相得益彰。炎黄虽然是两个人，但从国家的高度讲，从华夏文明的整体上讲，他们又是一个人，是我们海内外所有华人共同拥有的祖先。

今天上午的《颂炎帝文》中，有这样两句：“有一个好故乡，我们人人幸福；有一个好祖先，我们代代平安。”这既是我们每一位炎黄子孙的希望，当然，它更是我们一次又一次寻根的理由。

故乡是一个温馨的词汇，它让我们想起油菜花盛开的原野，想起漫山的红叶；而祖先则是一个血肉传承的概念，它让我们懂得敬畏，懂得感恩。为什么说“有一个好故乡，我们人人幸福”呢？这是因为故乡不但以它丰富的物产养育我们，而且还以它博大的胸怀接纳我们，并宽恕我们的错误；我们说“有一个好祖先，我们代代平安”，不是说我们躺在祖先留下的丰厚遗产中尽情地享乐，而是因为祖先勤劳勇敢品质的传递，使我们后世子孙有化解任何危机的能力。

社会的进步并非一帆风顺，每一个时代都有自己的挑战。一百年来，中国发生了翻天覆地的变化。近三十年来，中国更是像万花筒一样地旋转。走在北京的长安街上，走进上海的陆家嘴，眺望西气东输的伟大工程，走过南水北调的建设工地，每一位炎黄子孙，都会真切地感受到华夏在腾飞，中国在沸腾！作为一个中国人，我为我们自己突然喷发的力量而惊讶：我不知道我的同胞们的聪明才智究竟有没有边际，他们的理想高地究竟要建造到哪里。

但有一点可以肯定，我们重新铸造中国的热情，我们敢于超迈古人的勇气，都是来自于炎帝与黄帝传导给我们的品质与性格，勇敢与智慧。炎帝创造的八大功绩，是华夏文明的奠基石。概括起来，可以用一句话来总结，一切从零开始。在炎帝之前，华夏子民尚在穴居的原始阶段，是他创造了房屋；发现了五谷，创造了农具，发明了陶器。当人类生活的每一个方面都实现了零的突破，我们生存的地球就升起了文明的曙光。

一切从零开始，是炎帝留给我们的最为伟大的精神遗产。它既是做人，也是做事；既是开拓，也是创新。一切从零开始，就是从无到有，从小到大，从乡村到城市，从过去到未来。它既是道德，也是政治；既是物质，也是精神。

正是因为有了"一切从零开始"的信念和勇气，我们炎黄子孙闯过了一次又一次的黑暗，消弥了一次又一次的苦难，在地球的东方建造了强大的汉朝，建造了鼎盛的唐朝，建造了过往的辉煌，也建造了今天的盛世。因此可以说，一切从零开始，不但是我们敬献给炎帝与黄帝的颂歌，亦是激励我们自己一往无前，永不懈怠的座右铭。

2010 年 6 月 4—6 日于闲庐

新年献辞

一切感情——憎恨、怜悯、淡漠、崇敬、友谊、恐惧，甚至蔑视，都可导致爱情。是的，一切感情……不过，除去一种感情：感谢。

感谢是债务。每一个人都要偿还自己的债务……但爱情不是金钱。

这是俄国的大文学家屠格涅夫写于一八八一年六月的一首散文诗，名为《爱之路》。

现在，距屠格涅夫写下这段文字的时间，已经过去了一百三十余年，这期间我们赖以生存的世界已经发生了天翻地覆的变化。但有些永恒的东西是不会改变的，譬如爱情。

没有爱情，我们便没有家族，没有亲人；没有爱情，我们便没有故乡，没有祖国。诚如屠格涅夫所言：爱情不是金钱。

每一位作家与艺术家，都是在各自生活的时代中传递爱、弘扬爱、呵护爱。这里面没有任何的虚情假意，也不会有任何的利益的诉求。我们不会因为要偿还债务才来到这个世界，但是，我们会为了追求真爱而拥抱生活。

在这新年到来之际，我写下这段献辞，愿与我的作家、艺术家一起，踏上我们每一个人都为之向往的爱之路。

2012 年 1 月 14 日

从文化自觉到文化自信

胡锦涛总书记在庆祝中国共产党成立九十周年的重要讲话中，谈到繁荣和发展社会主义先进文化这一节，特别鼓舞人心，让我们这些从事社科与文艺工作的人，既看到了方向，也找到了着力点。

总书记首先讲到，弘扬先进文化要有文化自觉与文化自信。我个人认为，文化自觉就是将理想化为动力，将观念变为现实的心路历程。观诸共产党九十年来的奋斗史，从文化的摸索、探寻到自觉，实乃是走过了一条由必然走向自然的康庄大道。而文化自信乃是文化自觉的成果。九十年来，中国共产党在革命、建设、改革三个阶段，摸索出一条中国的可持续发展的道路。并因此形成了核心价值体系。这个核心价值体系，就是指导中华民族克难奋进、永不懈怠的先进文化。我们讲文化的大发展、大繁荣，就是要理直气壮地宣传和弘扬中国共产党与全体中国人民共同缔造的这个核心价值体系。总书记还说到要创造中华文化新的辉煌。这是中国共产党人的使命，也是我们每一个文化工作者的使命。我的理解是，新的辉煌就是让中华民族传统文化中既有的富有生气的一部分，再加上九十年来所形成的中华民族新的核心价值体系，它们水乳交融成为中国新的文化风范，新的也是强大的文化软实力，并通过我们的共同努力，使之成为世界民族之林中的一道亮丽的风景线。

2011 年 7 月 5 日

共和国六十年感言

共和国六十年，可以分成两个三十年。前三十年，我们由欢乐走向痛苦；后三十年，我们由兴奋走向和谐。这六十年，我们经历过大解放、大动荡、大痛苦、大狂热、大改革与大奋进。在绝望的时候，我们懂得了凤凰涅槃；在灾难的面前，我们理解了多难兴邦。中华崛起，是我们不懈的追求；居安思危，是我们永远的忧患。作为一名作家，我为我生活在这样一个急剧变革的时代而深感自豪。那一年访问南斯拉夫，面对巴尔干半岛的灾难与创伤，我突然意识到，我的生机勃勃的祖国是多么地可爱。因此，在贝尔格莱德大学演讲时，我说过这样的话：让我一千次的选择，我将选择做一个中国人；让我一万次的选择，我将选择做一个中国的作家。

2009 年 8 月 18 日

用智慧升华时代

湖北电视台五十华诞，作为一名作家、一名湖北电视台的热情观众，在这里，除了献上我的祝福之外，也说一点感想和期待。

人类每一次科技的进步，都使我们的传媒事业获得飞跃发展。新中国成立之后，特别是改革开放以来，我省的传媒事业同全国一样，也都借助科技的翅膀，伴随民族振兴与崛起的改革大业一起腾飞。我们的报纸、期刊、书籍、广播、电视、网络等，正在呈现出“八仙过海，各显神通”的生机勃勃的景象。可以骄傲地说，我们湖北不仅是文化强省，也是传媒强省。毫无疑问，在这传媒强省的光环里，不但有我们以各种报纸为代表的纸质传媒的努力，也有以我们湖北省电视台为龙头的各种电视与广播电台的辛勤耕耘。因为有了电视，我们拉近了领导与群众的关系，缩短了城市与乡村的距离。因为电视，我们每天都可以将精彩的世界搬到家中。电视节目的丰富多彩，让我们感受到立体的生活、灿烂的时代。在这方面，湖北电视台不但为宣传改革开放作出了巨大贡献，而且它本身，也是改革开放的成果。

孔子说："五十而知天命"。已进入天命之年的湖北电视台，在它过往的年华中，每一天都是流金岁月；而在它的未来，必然会散发出更加饱满、更加成熟的魅力。我曾经与湖北电视台合作，将我的长篇历史小说《张居正》拍成电视剧搬上荧屏，我特别愿意借此机会表达我的感谢。同时，作为一名观众，我更期待湖北电视台能够为广大的电视观众提供更多更好的节目。你们不但在用音像记录时代，同时，你们也会用智慧与汗水来升华我们伟大的时代。

2010 年 10 月 29 日

山中记趣

数年前，我约几位朋友到大别山中的桃花冲小住。一则避暑，二则享受山光水色，于阴阴夏木中，就着村酿山茗，作竟夕之清谈。

朋友中有教授，有商人，皆身居闹市，奔走红尘。虽事业有成，却身心俱疲。言语之间，无不欣赏剡溪访友的雅兴与率真。听说有此等山中之游，无不欣然应诺，驱车前往。

及至来到山中，果然水木清华，花鸟如梦。友人于樵风中放歌，于清溪中濯足，品南山峰顶的云，饮粗瓷碗中的酒，乐莫大焉。薄暮时分，忽有人惊奇，说道："咦，进山半日，怎地没有电话？"众人这才察觉，一起掏出手机来看，原来没有信号。顿时有人沮丧，咕哝道："通讯断了，公司若有急事，找不到我怎么办？"经他这一提醒，在场的三位商界的老板，顿时把刚刚得到的闲适像废纸一样扔掉了，重新把烦躁揣进了怀中。教授朋友受了感染，佯笑着说："我倒没有什么大不了的公务，只是手机不通，和家里人联系不上，倒叫他们着急呢！"我说："你们不是要得浮生半日之闲吗？既来了，就把那些俗事儿放下，享几天清福岂不更好。”一位老板头摇得货郎鼓似的，摆着手说：“这肯定不行，玩归玩，可不能误了正事儿。”当晚，三位老板于空濛的月色中驱车出山，回省城去了。

朋友们走后，我对留下的友人说：“袁中郎说过，通邑大都行人如蚁，尽是争名逐利之人。看看咱们哥们儿，也雅不到哪里去。”

讥过了，扪心一想，又自后悔。我辈虽然追慕古人，当那种惯看秋月春风，惯听暮鼓晨钟的山人或散仙，但毕竟我们不可能穿越时空，回到青山隐隐绿水迢迢的唐代。换句话说，我们可以任侠，却不可能秦汉；可以风骨，却无法魏晋。弹《广陵散》的嵇康，既非老板，又非教授，不担心一曲未终，有什么电话打来催他当机立断；至于“天子呼来不上船”的饮中八仙，且醉且吟在长安城外的灞桥烟雨中，何其逍遥啊，皇帝爷纵然有紧急事体召见他们，也不可能用手机，只能派出一匹快马奔出皇宫。

今人与古人的根本不同，就在于交通与通讯。陆游自剑门入蜀，是“细雨骑驴过剑门”，前年我去那儿，却是从高速路上驱车而至。到了关口雄阁，看到阁门两旁悬挂着流沙河先生的对联，书法与联语俱佳，当即就掏出手机，拨通流先生的电话，向他表达了我的称赞。若没有手机，这种情接千里的浪漫，根本就不可能实现。

古人寄情山水，心无旁骛，那是农耕文化中士大夫精神生活的特点。到了今天，只要有一部手机相伴，工作与旅游两不误，岂不更好？应该说，手机的发明与使用，使这地球上每一个偏僻的角落，都可以成为人类的办公室。只要我们愿意，在塔克拉玛干沙漠深处、在喜马拉雅雪山之巅，都可以办公。当然，这种无远弗届的便捷，也会给我们带来一些苦恼。譬如说，唐朝的那八位酒仙聚在一处轰饮，如果有手机，大家喝到兴头上，各自腰间一片乱叫，岂不大煞风景？

多年前的那一次桃花冲之行，因手机的无法使用而留下了遗憾。去年，当地的朋友又来邀我重游，并郑重说明，那一片苍茫的云山里，再不是通讯的死角，去年已建好了信号差转站。不过，捷足先登的，不是移动，而是联通。听罢，我对朋友笑道："看来，为了再次去欣赏那万山深处的绝佳风景，我得买一部联通的手机了。"

2007 年 6 月 5 日匆草

税收带来江城美

日前，应邀前往湖北美术馆参加一个名曰“税收带来江城美”的书画摄影展的开幕式。按例，我参加此类活动只是凑份儿，站站台而已。对于展览的内容，并不存有太大的好奇心。剪彩之后，礼节性地浏览一番，就能够客气地退场了。但是这次却不同，当我应主人之请步入展厅，站在一幅幅书法、绘画与摄影作品面前时，有些作品竟引起了我心灵的一丝震颤，感情的一些涟漪。

如一幅名为《骋》的摄影作品，几匹骏马披着霞光在草原上扬鬃奋蹄。渐晚的黄昏中，丰富的光影显得捉摸不定，被急促的马蹄弹起了点点尘土，既像突然被叶片遮住而藏于阴影中的霞珠，又像湿地上的雾气，刚袅袅升起又被微风吹断，领头的马昂首奔腾，身姿矫健而又影像模糊，这是速度造成的迷离……站在这幅摄影作品前，我联想到了我在呼伦贝尔大草原上看到的类似的马群，记得我当时想到了一句诗：将大地敲打成诗！

类似的足可称为艺术的作品不只这一幅，在书法、绘画中都有。光影与线条，彩色与构图，灵动与静穆，喧嚣与沉稳，都恰到好处地得到了再现，或者说得到了栩栩如生的展现。

因为我这一辈子都在与文学艺术打交道，见到好的充满真情实感的作品，那一份挚热的亲切感就会油然而生。习惯使然，让我对拍摄《骋》这幅照片的作者罗涛先生产生了一点敬意。

罗涛先生是武汉市地税局局长，也是这次书画摄影展的首倡者。我在展厅里，还看到了他的两幅书法作品。他师从著名书法家金伯兴先生学习笔墨，数年临池不辍。看了他的数十幅书法作品后，我趁兴写了这样的评价：罗涛先生的书法，笔逮中锋，行草兼修。有时如三春花草，份拔有致；有时如仲冬雨雪，漓漓有境。入道之初，字由意出，审其结体，雅俗同炉；入道之后，临帖犹力，揣摩法度，稍有约束；入道既远，拜谒名师，勤研法藏，大有所悟。自兹取舍有别，纵逸有度。笔墨之中，见性见情；砚耕之外，尽见烟云。有此三段经历罗涛先生的书法可谓峰回路转，笔力勃发，前程可期。如此评价，我是“斯人当以同怀视之”了。但他毕竟是地税局长，如此追求艺术，是不是不务正业呢？

中国官员的评价尺度，可谓因时而异。新中国成立之初，胸无点墨对于官员来讲并不觉得难为情，乃是因为干部队伍中以文盲居多，改革开放后很长一段时间，理工科出身的知识分子更有条件被选拔到领导岗位上，这亦是科技兴国之必然。近几年来，学文科的人当上各级领导的人又渐渐多了起来。这种世风的变化，不能简单以风水轮流转称之。是因为国事发展到某一阶段所产生的必然。

其实，中国古代的文官制度还是有很多值得借鉴之处。“腹有诗书气自华”指的不仅仅是老百姓，同时也指官场中人。古代所说的士人，基本上是文学的。文人当官在今天是点缀，在古代则是天经地义的寻常之事。一部《全唐诗》，如果把当官的人除开，则基本上不成体统了。

当今之世，很长一段时间内，若官员喜欢舞文弄墨，吟诗作赋，则被视为不务正业，甚至会影响仕途。现在看来，这种情况不算正常。我认为，衡量一个官员的“政绩”，不在于他是否雅好文艺，而在于他是否真的是既艺丧志，在本质工作上不用心，甚至是玩忽职守。

罗涛先生却不是这样，在他主政武汉市地税局的三年多的时间里，税费增长幅度翻番，二○○九年是他上任第一年，武汉市地税的“税费收入”就达到了近五百亿元。当年武汉的GDP 只占全省的百分之三十五，但税收却占了全省的百分之五十四。二○一一年，喜获四个第一。在有六十九个市直部门参加的“民评民议优化发展环境”工作评比中，以九十二点九七分位列第一；绩效管理考核在全市经济部门中评分第一；工作目标考核，在全省地税系统名列第一；税收增幅在全国十五个副省级城市中排名第一。二○一二年，武汉地税又以“喜迎十八大，争创新业绩，三年翻一番，税费近千亿，服务争最优，管理创最佳”为目标，践行着“敢为人先，追求卓越”的武汉城市精神，全力服务武汉建设国家中心城市。

从这样的业绩来看，主持税收的罗涛在本职工作上还是尽职尽责，并能够创新服务。古人言“鱼和熊掌不可兼得”，若从奢求的意义上讲，这话有道理，但从一个人的才能上讲，这话就不一定正确了。对于一个有才能的人，可以同时做两件事，甚至三件事，四件事，多件事，不但能做，还能做好。其实没有别的窍门，就是掌握了方法论，通晓了做好每件事的路径。罗涛让武汉市地税系统的职工既当好了优秀的征税人，业余时间又让他成为追求艺术的高雅之人，这样的地税文化，我认为值得提倡。

记得参观“税收带来江城美”的书画摄影展后，我在留言簿上写了这样几句话：税养国，艺养心，二美兼具，相得益彰。这既是我参观展览的感受，也是我对征税人二美兼具的一种礼赞。

2012 年 10 月 4 日于灯下

郧西上津古镇考察记

遵照省委鸿忠书记在八月十二日视察郧西上津镇时的指示，我在十月二十一至二十三日，经西安取道秦岭，对上津及郧西县的“七夕文化”做了三天的走访和调研。

以下即为考察小记。

首先，上津作为鄂陕边界的口子镇，在历史上特别是汉唐及两宋时期曾起过非常重要的作用。上津古道曾是联通古都长安与南方的重要通道之一。这一古道起自长安、达至襄阳。沿傥骆道穿过秦岭再沿汉江通达襄阳。在和平时期，这条古道的作用并不特别重要，但每逢战乱与南北分割时期，这条南船北马的古道战略地位便会彰显出来。盖因此道处万山之中较为隐蔽，加之又有汉水之利，便捷而又有舟车运载的能力。因此，在中国古代交通史上，上津古道有着特殊的作用与意义。正因如此，作为长襄古道上最重要的上津，才会出现天子渡口这样的地名以及各种各样的商帮会馆。

其次，上津历史悠久，其建置的历史可以追溯到公元前二二四七年。这一年，虞舜下令将上津封给协助禹治水的重臣契。春秋时期，上津又成为秦楚之间一个小国郡国的都城。这个小国一会儿被秦占领，一会儿被楚占领，所谓“朝秦暮楚”的典故便缘于这一史实。上津曾先后二十三次建县，七次建郡（相当于今天的地级市），四次建州。最后一次建县，是在一九四七年十一月十三日，时人民解放军陈谢兵团四纵十二旅解放了秦巴大片山区，在上津建立了上关县。一九四九年五月二十三日，撤掉上关县归入郧西县。

其三，由于上津长期设置州、郡、县级政权，故于此为官或封侯的历史名人很多。最有名的有虞舜的重臣契，秦丞相卫鞅，三国时期先蜀后魏的大将孟达。根据史料统计，自汉魏以下至民国时期，先后在上津为官或居住过的名人有一百余位（以载诸史册为依据），他们为上津留下数量可观的诗文典籍。

其四，上津现为郧西县管辖的一个乡级小镇，由于长期作为鄂陕边界的口子镇，镇上常住人口有三万余人，是郧西除城关镇之外的第二大镇。一直到解放前，这里的边贸都十分活跃。解放后，随着交通的改变，特别是铁路与公路的发达，省际与城市间贸易及物流的方式有了很大的改变，上津逐渐失去交通要津的优势而变得偏僻、冷落。近年来，随着穿越秦岭自陕至鄂的福银高速建成通车，上津的区位优势又稍稍有了提升。

有鉴于此，我在调研之后有以下几点思考：

其一，在湖北众多的边界口子镇中，像上津这样历史悠久、人文丰富的小镇极为少见。与四川广元的昭化古镇非常相似，昭化是汉唐时期的州郡府治所在而最后成为一个乡级边镇，亦是蜀陕边镇。所不同的是，一在大巴山区，一在秦岭南麓。八年前，广元市领导请我两次前往踏勘，最终恢复建成旅游古镇。此镇离成都五百余公里，离西安三百公里。区位优势尚不及上津，但复建之后，成为新的旅游热点。相比之下，上津镇更具有开发价值。

其二，上津古城的城区面积，在修缮过的古城墙内，只有一百八十亩土地左右，老城内居民人口亦不足三千人。现城墙及城内建筑格局，乃明洪武年间规划并建成。我认为上津古城初建的理由，实因明代屯堡制度。与同一时期的云南建水，贵州罗定，甘肃临洮三处古城相似，皆缘于屯堡建置。明历史上，在云贵川及赣南、鄂西、甘南、陕北等处，一般是由军事长官（相当于千户）兼领地方政事，皆因上述各处崇山峻岭，易为流民啸聚，故需部队长驻。因此，如此狭小的城区面积，更像是堡而非城。

其三，上津古城因为小，反而减少了开发难度。在充分了解并消化古城的历史之后，我认为古城的复建应以明代屯堡的建筑风格为主。云南建水成为闻名遐迩的旅游名城，亦是保留了屯堡风格的建筑基调。上津的体量，比山西乔家大院略大但小于王家大院。这两处旅游热点，乔家大院还有一些古建遗存，王家大院却是完全重造，但其纸质的历史为其重建提供了有力的支持。上津古城除城墙外，古建遗存亦较少，但一街九巷的形态尚在。若将内中单位用房搬迁，在尊重历史的前提下，重造一座精致的明代风格的小城，相信成本不会太高。古城恢复亦应以会馆、码头为龙头，兼及其他。

其四，上津北距西安，南距襄阳皆由福银高速连接，均两小时车程左右。陕西游客好作古镇游，而湖北游客则好时尚。上津古镇如何兼顾两地游客，丽江的重建或可视为样板。考虑到郧西县的财力与人才两相短缺，建议将上津古镇的开发建设纳入省级战略。鄂之东南小镇小池，是以经贸为主的开发模式，西北边陲小镇上津，则可定为以旅游为主的开发模式。本着先策划，再规划，再建设的原则。复建之前，要做足案头工作。

2013 年 11 月 7 日

桃花夫人记

晚唐的著名诗人杜牧，写过一首《题桃花夫人庙》：

细腰宫里露桃新，脉脉无言几度春。
毕竟息亡缘底事，可怜金谷坠楼人。

如果不了解春秋时代楚国称霸于南方的史实，读此诗便会如坠五里雾中。诗中的主人桃花夫人，不但历史中确有其人，而且因为她还改写了部分侯国相争的历史。毛泽东主席于一九五八年路过信阳时，就对桃花夫人表示了赞誉。

若要全面了解桃花夫人在历史中的是非功过，首先要了解她的人生经历。

桃花夫人名叫妫桃。妫是姓，桃是名。她本是春秋时代陈国（今淮阳）宣公杵臼的次女。生卒年代大概在公元前七〇〇年至公元前六五〇年左右。妫桃生得十分美艳。中国公认的四大美人是西施、王昭君、貂蝉与杨玉环。古代没有照相术，我们无从知道这四大美女确切的长相与身姿。从白居易的《长恨歌》中，我们知道杨玉环“芙蓉如面柳如眉”，这也只是一种形象的描述而非实证。形容四大美人的特点，也曾有一句话概括，叫“闭月羞花之貌，沉鱼落雁之容”。桃花夫人早于这四大美女，从简单的历史记载与传说来看，她的美艳不在四大美女之下，甚至还有超过。就因为她叫妫桃，所以当世就称她为桃花夫人。从此以后，桃花便成了中国美女的关键词，如“桃花颜色”，“艳若桃花”等。除此之外，还有，形容男的有了红颜知己，叫“桃花运”，形容女的红杏出墙，叫“命犯桃花”。后面两种似乎是贬义词，但这个贬义，也来自桃花夫人本身。

公元前六八四年，妫桃与姐姐同时出嫁，可见姐妹俩年龄相差不大。姐姐嫁给了蔡哀侯，妫桃嫁给了息侯。蔡国和息国，都是今河南境内的小国，但蔡国比息国要强大一些。那时候，周朝的中央政权已失去了控制力，各地诸侯国拥兵自保。侯国之间以结亲的方式形成同盟，亦是当时的惯例。前期的蔡国，后期的秦国，都是楚国结亲联姻的对象。若是从蔡国迎娶夫人，便称为蔡姬；若是从秦国迎娶夫人，则称为秦姬。

妫桃嫁到息国之后，便称为息妫。她的丈夫息侯是周文王第三十七个儿子羽达的后代。周天子姓姬，但他的儿子们分封到各地，都以封地为姓，羽达封到息地，便称息侯。封号世袭，到妫桃的丈夫手上，也过了几十代人了。息国与陈、蔡、楚毗邻，但最小，属夹缝中生存。但息侯万万没有想到，娶了妫桃之后，不过四年，就发生了万劫不复的灭国悲剧。

却说新婚后的妫桃，依风俗须得省亲，回陈国看望父母。她回国必须经过蔡国。蔡侯接待她，见她如此美貌，便禁不住挑逗调戏。妫桃回到息国，便向丈夫诉说了蔡侯的无礼。息侯深爱娇妻，听罢不免怒火中烧，于是设计报复。他暗中联络强邻楚国的国君楚文王，密告蔡侯对楚有侮谩之心。于是，两国密谋灭蔡，按约定楚出兵佯为袭息。息与蔡有互保协议。蔡侯闻讯，派兵赶来相救。在息国都城之外，楚息两国军队夹击打败蔡军，并活捉了蔡侯。此为历史上的莘野之战。

押回楚国都城的蔡侯，若不是大臣鬻拳冒死相救，早被楚文王杀掉以祭祖庙。从蔡侯口中，楚文王得知息蔡反目的真相，乃是为了息侯的夫人妫桃。经过再三考虑，楚文王释放了蔡侯，但却把妫桃记在了心上。

楚文王熊赀，是楚武王的儿子。楚武王在位五十一年中，南征北战，开疆拓土。在他的统治下，楚国开始强大，楚文王虽不及楚武王的雄才大略，但也是一位勤政的守成之王。他借巡方之名，再次来到息国，其目的就是想看看息妫的真容。在隆重的接待宴会上，息侯应楚文王的要求，让夫人息妫出来给楚文王敬酒。

却说楚文王见到息妫的“桃花颜色”后，真可用“魂不守舍”四字来形容。楚国历来是出美人之地，不然，深山老林中不会走出艳惊天下的王昭君。楚国的王侯对于美女的鉴赏力也是一流的，否则，就没有“楚王好细腰，吴娃多饿死”这样的诗句流传。在这样一种育美鉴美的大背景下的美艳，的确非同一般。

古今中外的强人，都希望将天下最好的资源攫为己有。美色从来都是君王最为倾心的上乘资源。楚文王下决心夺取息妫，息侯的悲剧可想而知。

据说楚文王在行帐中举行的答谢宴会上，将赴宴的息侯当场擒拿，然后派兵冲进息侯宫中抢出息妫。可怜的息侯，因为夫人惨遭灭国，自己被流放到汝水之南，采食十家之邑，不久，就郁郁而死。息妫初被掳时，本想一死了之。但为了保全息侯性命，只得忍辱偷生。楚文王与她成亲，封为楚夫人。因为她叫妫桃，故楚国百姓称她为“桃花夫人”。

楚文王虽然抢到了桃花夫人，并对她百般呵护，恩宠有加，但桃花夫人却始终对他冷淡。三年中，她在楚王宫中生下了两个儿子，长子熊艱，次子熊恽。可是，她却从未说过一句话。文王占据了她的身体，却没有赢得她的爱情，这一点让他非常不愉快。但他极有耐心，数年如一日疼爱着桃花夫人。息妫虽然仍不说话，但也为楚文王的始终不渝的真情所触动。一天，趁着稚子绕膝，桃花夫人心情略好时，文王问她为何不说话，她终于开口说道：“身为一介妇人，前后竟事二夫。不能以死守节，又有何面目与人言语。”言毕怆然泪下。

楚文王于公元前六八九年登基，公元前六七七年死于进伐中原的潢川之战，在位十三年。他死后，长子熊艱继位，在位五年，被弟弟熊恽发动政变杀死。熊恽自立，号称成王。

关于这段史实，历史也有不同说法。比较通常的说法是，熊艱是息侯的遗腹子。这一点，文王在世时就有怀疑，但因他深爱着桃花夫人，故从不追究，视熊艱为己出。文王逝世，遗嘱将王位传给了熊艱。此时的桃花夫人，既出于对楚文王的怀念和感激，也出于对楚国的责任，协助熊恽从熊艱手中夺回了王位。

楚成王登基后，大有作为，执政风格很像他的祖父楚武王。而他的儿子，即桃花夫人的孙子，是楚国历史最有作为的君主楚庄王。正因为这些关系，桃花夫人成为楚国最杰出的女性，也是最有争议的女性。

了解了这段历史后，再读杜牧的《题桃花夫人庙》，不难看出，诗人对桃花夫人的人生多有贬斥。他认为，息国的灭亡是由桃花夫人引起，但桃花夫人并没有为息侯殉节。诗中所言的“金谷坠楼人”，指的是西晋石崇的宠妾绿珠。大将军孙秀因慕绿珠之美艳，构祸于石崇。当孙秀的兵马冲进石府金谷园时，绿珠毫不犹豫地从楼头飞身一跃，坠地而死。杜牧以绿珠之壮烈殒命，反衬桃花夫人的“苟且偷生”。诗虽婉转，但批判的锋芒何其锐利。

因为桃花夫人命运的传奇性与独特性，历代诗人多有吟咏，并产生了不少好诗，如宋之问、王维、刘长卿、胡曾、罗隐、徐照、袁枚等人的诗，莫不千秋怀怅，胸臆独抒。值得一提的是清初诗人邓汉仪，虽无盛名，但过桃花夫人庙时，步杜牧原韵写下的《题息夫人庙》，可谓同类题材中的上乘之作：

楚宫慵扫黛眉新，只自无言对暮春。
千古艰难惟一死，伤心岂独息夫人？

这首诗一改杜牧的批判态度，而是对桃花夫人充满了理解和同情。他认为在生不如死的历史转折关头，选择活下来更需要勇气。桃花夫人因为自己的美艳导致息国灭亡，在丈夫音讯全无的情况下，她选择活下来以期有朝一日能与息侯重逢，以致三年不说一句话。后来，她因有两个儿子牵挂，母性的责任让她继续留在世上。从人类学的角度看，桃花夫人并没有可指责之处。但后代诗人一再拿她说事儿，乃是因为多灾多难的中国历史中，给国人创造的各种各样的坎坷太多太多。经过桃花夫人庙，难免借题发挥，感慨唏嘘一番。

2012 年 3 月 17 日，雨中

北纬 28° 的传奇

几年前，就有人惊奇地发现，在中国的北纬 30° 穿行的地方，即从上海到西藏的三一八国道所经之地，要么是鱼米之乡，要么是奇山异水，要么是珍禽异兽，要么是贤达高人。这一点，与处在同一纬度的非洲美洲绝然不同。我没有在世界范围内作过比较，但中国的北纬 30° 区域，我去过不少，倒是可以印证此一区域的确是物华天宝，人杰地灵的毓秀之地。

近几年，又有一个观点：在中国西南地区的北纬 28° 线上，存在着一个白酒谷。与法国的波尔多，美国的纳帕溪谷相比，不但毫不逊色，而且历史悠久，产品更丰富。这条分属贵州、四川两省的狭长的山谷中，在赤水河、沱江乃至长江流贯的高山与丘陵之间，出产了贵州的茅台、习酒；四川的郎酒、泸州老窖、五粮液等五大名酒。也可称作白酒中的五朵金花。按香型划分，茅台、习酒、郎酒属于酱香，五粮液、泸州老窖属于浓香。

这条白酒谷自贵州的大娄山脉伸延到四川盆地的南端。几年来，对这条酒谷我作过多次的游览与考察。先后到过贵州的茅台镇、习水镇、四川的二郎滩，以及泸州和宜宾。这里的气候与地理的确奇特。同一座山峰上，亚热带与寒温带的植物可以同时生长，南方的荔枝与北方的水蜜桃可以成为它的水果之王；喀斯特地貌与褐红色的土壤连绵交织，让它的六月摇曳着莲花的月白与高粱的猩红；充沛的雨水与闷热的天气，让它潮湿而又葱茏。

从无数次的旅行的经历中，我曾得出这样的结论，许多充满诗意的自然，显然是鬼斧神工的佳构，却不一定是适合于人类居住的地方。但这条白酒谷却人烟稠密，我想，这也是它成为白酒谷的原因之一。

在中国漫长的历史中，特别是在农耕文明的时代，某种商品，特别是奢侈品的原产地，最初它必然也是这些商品或奢侈品的消费地。如丝绸、瓷器、紫砂、茶叶、白酒，等等。它们既是大众不可或缺的消费品，也是贵族以及富人乐意享受或者收藏的奢侈品。白酒谷中的五朵金花，便是这样的国粹。

站在消费者的角度，五朵金花中的茅台，享有最高的美誉度。前几年，我写过一篇《茅台镇夜饮》的文章，记述我品饮茅台的惬意感受。尔后又写了《飞觞赤水河》，记录我品饮青花郎的愉悦。不过若从造酒的历史与绵远的传承来看，泸州老窖无疑是可以拔得头筹的。

大家都知道北宋的名画《清明上河图》，作者张择端用他的彩笔尽情地描绘了北宋都城汴梁的繁华。当时北宋的 GDP 占了全球的百分之八十。财富的极度膨胀带来了生活的极度奢华。从《清明上河图》中，可看到汴梁的城市化程度处于世界的最前列，仅城市居民的职业就有九百多种。在同一时期，一位进士出身的诗人唐庚为泸州写下了这样的诗句：“百斤黄鲈脍玉，万户赤酒流霞。余甘渡头客艇，荔枝林下人家。”

鲈鱼片切得像白玉一样温润，可见当时的川菜已经上升为艺术了。而荔枝与渡头的客艇，让人想见了一个江边商埠物产的富庶与庞杂的客流。最重要的是“万户赤酒流霞”，据我理解，这万户的赤酒，指的不是彻夜轰饮的酒楼，而是酿造美酒的作坊。也就是说，在十一世纪的末叶，泸州就是一座实实在在的酒城了。

泸州关于酒的记载，最早可追溯到公元前的八世纪。泸州古称江阳。曾经担任周平王宰相的尹吉甫，就是江阳人。尹吉甫不但是西周的政治家，更是一位大诗人。曾被孔子删定的《诗经》，最早由他编纂而成。他有一首《大雅》诗：“韩侯出祖，出宿于屠。显父饯之，清酒百壶。”据学者研究，诗中的清酒，当为当时巴国所产。江阳古属巴国，如果以尹吉甫记载的清酒为起点，泸州酿酒的历史，已有三千多年了。茅台酒最早的记载始于公元前二世纪的汉武帝，两相比较，泸州酒的历史早了六百余年。

诚然，当时的酒，与今天的茅台与泸州老窖相去甚远。只是从这些零星的资料推断，远在中国的上古时代，白酒谷就成了酿酒的吉壤，而绵延两千余年而从未间断的，便是泸州的酒业史了。

世界上最好的东西，一定不是速成的。一个享誉人间的著名品牌，成就它的第一关键是时间。时间可以打败所有的对手，但时间不会打败自己。泸州作为酒乡的历史，可以追溯到三千年前；但泸州这一品牌的历史，虽然远低于酒乡，距今却也走过了近七百年的漫漫长途。元朝泰定年间即公元一三二四年，一个名叫郭怀玉的酿酒师经过三十多年的摸索，发明了

“酿酒新麯药”，这是泸州大麯酒的开山鼻祖。一百零一年之后，即明朝洪熙元年，另一位泸州酒业的作坊主施敬章发明了“窖藏酿造法”，这是泸州老窖确立品牌最为关键的一步。自此又过了一个半世纪，一五七三年即万历元年，第一个专营老窖酒的商号“舒聚源”产生了，此是泸州老窖批量生产乃至远销天下的开始。舒聚源的窖池群，代代相传。到今天，它已成为全国重点文物保护单位。不过，这窖池群并没有放在博物馆中仅作国宝珍藏，它们还非常健康而饱满地活着，从这些窖池中酿出的美酒，即“国窖 1573”，这是泸州老窖的极品。作为中国浓香酒当之无愧的代表，它有着出身高贵的王者风范。

那一日，我参加“高粱红了”的采风活动来到泸州，主人盛情邀请我品尝“国窖 1573”，并告诉我，这酒是国家认证的绿色有机食品。所谓绿色与有机，一是它造用的高粱并非收购，而是在自己的二十万亩种植基地上，不施农药与化肥精心培养的糯红品种。因为这种高粱，才使得“国窖 1573”保证了甘醇与绵远的浓香品质；二是该酒的生产过程，每一个环节即从用水到麯药都保证了它的纯洁，充满生物的活性而又远离污染。

在漫长的岁月里，供养我们的一切食品都是卫生的、天然的。可是在今天，能喝上一口放心的水甚至都成了奢望。此时有人告诉你，这酒是绿色的有机食品，你会是一种什么样的心情呢？应该说，“国窖 1573”同茅台一样，是酒中的奢侈品。我们说它出身高贵，最为关键的一条，就是必须永远都是让人放心的饮品。

那一夜，微醺之后，呼吸着绵绵的酒香，我在雨后的长江边上散步。看着泸州的灯火楼台，我心中想：这个城市从遥远的历史中走来，它还会走向更加遥远的历史。在匆匆的岁月里，它总是在“旧貌变新颜”的故事中循环往复。从江阳到泸州，它变得太多太多。但有三点它是不变的：第一，它总是与长江为伴；第二，它被定格在北纬 28° 的白酒谷中；第三，它是一座永葆青春的酒城。酒在这座城市里，不是夸张的消费与疯狂的纵欲，而是一种文明存续与发展的方式。

2012 年 7 月 31 日于龙潭书院

“报人散文奖”作品点评

应邀赴西安担任第二届“报人散文奖”评选委员。兹将部分作品阅读意见略述如下。

《应歌懒得》：以女性独特的眼光看当下的英国，身边的琐碎事折射时代的变迁与文化的差异，读来别有滋味。

《桃之夭夭》：作者重考据而不呆滞，行文流畅，既传达了知识又传递了情感，值得推荐。

《看诗不分明》：议论唐诗，让我想到了叶嘉莹。以优雅的情怀与缱绻的思绪勾勒唐朝的诗歌地理，引人入胜。

《那些人和事》：身边的人，是普通人；身边的事，是小事。通过这些普通人和小事，折射时代的变迁和风俗的演化，读后引人思考。

《岐山哨子面》：民俗随处可见，但文笔并非处处可写。作者信手拈来一碗哨子面，让我们从中吃出历史甚至吃出政治，有意思。

《上海·福州·新加坡》：客居异国，思念故土，是大众喜欢听的老话题。作者并非文采华瞻，但朴实动情，在征文中有自己的特色。

《鸟是懂得美感的》：文章好过名字。作者观察仔细，小处着眼，微处着笔，是清新的小品。

《先生姓钱》：尊师敬老，也是老话题。此类文章第一要素不是花样翻新，而是感情真挚，小事见大情，作者正是这样做的。

《幸福大遗址》：满怀感情地写“人文西安”的大意象。不用舌头灿莲花，西安就很伟大，何况作者那么陶醉留在遗址上的幸福感。

《萱草开着忘忧花》：作者行文细密，有典有情。典因情而生动，情因典而生发。读完掩卷一想，忘忧草其实不忘忧。

2011 年 8 月 22 日于闲庐

《通鉴直解》评语

张居正是一位杰出的学者型宰辅。作为政治家，他推行的“万历新政”为明朝历史留下灿烂的一笔；作为帝王师，他亲为主持编纂的这部《通鉴直解》直接反映了他治国的观点和智慧。对于政界、学界与商界来说，都是一本不可不读的好书。

2006 年 5 月 17 日

文人相亲的善举

去年，湖北日报社与湖北作家协会合作，在新改版的《湖北日报》上开辟了《作家写作家》栏目，历时一年，发表了两百余篇短文。尺璧之书，寸翰之情，写者与被写者同被关注，取得了良好的效果。今年，湖北日报社再续楮墨风流，拟与湖北省文联联合，推出《艺术家写艺术家》栏目，我觉得同样值得期待。

湖北省文联下辖十一个门类的艺术家协会，它们是美术、书法、摄影、音乐、舞蹈、戏剧、杂技、电影、电视、曲艺、民间文艺、文艺理论，等等，基本上涵盖了艺术的各个方面，省、市州及县三级各个门类协会的会员三十多万人。这是一支庞大的队伍，是建设文明湖北的主力军、生力军。

芸芸众生中，艺术家是一个比较独特的群体。科技与文艺，都是从事创造性的劳动。不同的是，科技侧重智力创造，而文艺对应的是情感世界。因为感情的灿烂而丰富，使得他们手中的线条、色彩、光影、舞姿、旋律、方伎、语言等等，无不充满了灵性，真可谓吹拉弹唱，足见性情；嬉笑怒骂，皆成文章。

艺术家是艺术创作的主体，他们是以感情的方式来理解世界，更是以宗教的虔诚来应对自己的职业。如果这个世界没有他们的倾诉，我们会觉得单调而寡味，甚至无法生存。因为他们的倾诉是心灵的歌唱。离开心灵，这个世界还有什么呢？我一向认为，科技时代是一个伪命题，因为人类从诞生的那一刻起，就一直走在科技进步的路上，只不过有时走得快，有时走得慢。而艺术却不是这样，它并没有时刻如影随形地伴随人类，我们曾使用过"文化沙漠"这个词汇，这是说，文艺的缺失会让某一个时代变得畸形。近年来，我们还听到有人说"等等灵魂"，这是智者的声音。他告诉我们，经济动物的可悲之处在于，他们不知道如何享受优雅的文化、经历心灵的生活。

列宁说过"作家是人类灵魂的工程师"，艺术家同样也是。当今之际，作家与艺术家共同承担着文化复兴与繁荣的责任。我想，这责任不仅要提升国家的软实力，同时也要消除浮躁与庸俗，让国人过上安宁而惬意的精神生活。

让承担作品创作的艺术家们，暂时搁置手头的工作，而来写一写自己的道友，这应该是一件很有趣的事，说得高雅一点，是文人相亲的善举。艺术家眼中的世界与常人的世界总是不同的，甚至有很大的差异。那么，艺术家眼中的艺术家会是什么样子呢？我想，读者一定有兴趣读一读这个栏目。多年前，我曾写过一句诗"只有玫瑰才能理解另一朵玫瑰"，引申来说，一个艺术家对另一个艺术家的理解，也一定能够达到"我见青山多妩媚，料青山见我亦如是"的两心相契的境界。

2013 年 2 月 20 日夜于闲庐

书法与诗艺

在中国古代，诗人是一支非常庞大的队伍，但专业诗人却寥寥无几。洋洋洒洒的全唐诗、全宋词，都达到了诗歌艺术的巅峰，但最好的诗词，几乎都是业余诗人的作品；同样，在中国古代，书法家也是一支非常庞大的队伍，却没有几个人是靠书法为生的。我们今天能够看到的汉代的碑拓、唐代的《兰亭序》、《食鱼帖》，包括淳化帖中的大部分作品，都是业余书家的作品，这些作品，不但都是率意而为之，而且，没有哪一位书家，是以抄别人的诗句、格言为乐事，不仅不是乐事，反而应以为耻。

到今天，情形不一样了，诗歌、书法已成为专门的艺术，多少人靠此为生。既然有这么多人来穷其一生探索诗艺、探索书艺，我们的诗歌与书法，应该超迈古人才是。事实上呢，比之古代，能够得到社会公认的伟大的诗人，伟大的书家不是更多，而是更少了。

从这一点出发，我读那些书家的诗，或者欣赏诗家的书法，便感到一种特殊的意义。古代的诗人、书家，十之八九，都置身于官场，或优游于江湖，吟风弄月、泼墨挥毫只是他们公事之余的业余爱好。当今专业人士，过分强调诗歌与书法的技术化。为了显示雅致，而把技法强调到绝对的地步，为了开拓市场，又不惜媚俗，把手中的笔变成赚钱的工具。实践是检验真理的标准，但市场绝不是检验艺术的标准。现在的诗艺与书艺，始终处在左右摇摆之中，在这一问题上，书法比诗歌似乎走得更远。

我不认为故作高深是艺术家应有的秉性，也不认为拜金主义可以与艺术兼容。今天，我们谈文化复兴，首先要解决的，应该是我们文人自身的精神状态与品格追求。

写诗与习字，都是我童年时的爱好。将诗的意境植入书艺，将书法的灵动作用于诗。这一点遥契古人，我以为是正道。这正道的含义是：诗作都是有感而发，决不是坐在书斋里搜肠刮肚、拾人牙慧，正所谓“登山则情满于山，观海则意溢于海”，这种写作，就不会矫情，不会做作，而是忧患其心、锦绣其表。

写字也是这样。王羲之的可贵，不在于他书法的精妙，而在于他书写的是自己的作品，品他的字，是千古一人；看他的文章，亦是千古佳构。事实上，古代书法大家如张旭、黄庭坚、苏东坡、米芾、王铎，有哪一个不是这样的呢？他们首先是文人，其次才是书法家。我以为，艺术的生命就在于此。字谈不上什么原创，只是书写过程中线条的不同变化而已，但文章的生命却在于原创。王羲之对线条艺术掌握得再好，但让他抄一首别人的诗，他的书法艺术的光辉，恐怕要减去十分之九了。

当代艺术家所走的道路，重形式而轻心灵。我并不认为是一种进步。在诗与书的融合贯通上，我欣赏古人所走的路。我不是说古人什么都好，我也绝非食古不化之人，但经过千百年的实践，所证明行之有效的事物，我们为什么要弃之不顾呢？

2008 年 4 月 22 日

言恭达书法小议

关于艺术的评价尺度，历来有两种：一是圈子内的，二是社会的。有的人在圈子内名气很大，但社会却并不买账；有的人在社会上有很高的知名度，但圈子内却对其贬抑有加。这种背离的现象很普遍，且近年来有加大之势。探究原因，这其中既有世风浮躁的影响，也有文人相轻的因素。

值得庆幸的是，言恭达先生的书法，却是圈子内与社会两方面都认可并称道的，能做到这一点很不容易，我想这与言先生的书法造诣以及做人的谦逊分不开。

数年前，我与言先生相识于苏州。他给我的第一印象是宁静、含蓄的谦谦君子。交谈中得知他是常熟人，且是言子的后裔。言子生活在战国时代，距今已有两千多年。也就是说，言先生的世代都生活在常熟，他的家族与那一片水碧山青的土地相生共荣，不但秉持了书香门弟的家风，也承继了笃定儒雅的道统。

在今天，艺人与文人混为一谈，在古代，文人与艺人却绝非同日而语。隋唐之后科举制度的推行，导致中国的官场十之八九都是由文人主持。诗艺与书法，历来是文人两大看家本领。因之在中国古代的官场里，生活着一大批引领中国文艺潮流的诗人与书法家。单说宋代的苏、黄、米、蔡四大书法家，无一不是高官。书法与诗歌，从来都不是他们的专门职业。但今天许多以书法或诗歌创作为职业的人，是否产生过上述四人这样的书法大师与文学巨匠呢？

做官的读书人，在中国古代统称为士大夫，从精神层面上讲，士大夫当属于"既有恒产，亦有恒心"的人，在物质生活与精神生活两个层面上，给芸芸众生以引导的作用。

士大夫与今天所说的中产阶级，庶几近之，但又不尽相同。士大夫应是庙堂与江湖之间的媒介，在生活上，他们追求稳定，拒绝粗俗；在精神上，他们追求优雅，拒绝粗鄙。正是因为有了他们，中国文化的薪火才得以世代传承，绵延不绝。

大约十年前，我去浙江天台山参访诗僧寒山大士的遗迹时，曾写过这样的诗句："我本江南士大夫，天台乍到总踟蹰，昔年秋暮看红叶，此日春深听鹧鸪……"今日之时代，有士大夫情怀的人越来越少了，但在与言先生的交往中，我感觉到他身上士大夫的味道很浓。这种特质，在他的书法中表现得尤为明显。

言先生书法始于篆、隶而终于草书，篆书是中国象形文字收束之后，由"具象"转为"意象"的高古文字，从篆入手，可知汉字的产生与来历，入内习之，可观乎人文，探求汉字艺术之源头；而隶书则是中国文字的第一次简化，汉字的点、横、竖、撇、捺由此奠定，深入研习，可谙熟汉字艺术的平实与流变。而至唐代始为大观的草书，则是书法向画艺学习，将线条艺术推向极致的一种革新与放纵。盛唐之于北魏，中国的书法艺术由严谨刻板转向汪洋恣肆。这种变化与时代有关。北魏王朝时期，中国正值游牧文化融入以农耕文化为特征的汉文化的艰难转型期；而盛唐，正是中国文化由整体繁荣转向个体灿烂的上升期。经过几代人的努力，以及开放的文化态度，“援道入佛”的可喜局面终于产生，并由此诞生了中国禅宗的佛教，受此变革的影响，“援画入书”而形成的草书，成为中国书法艺术的一道亮丽的风景。

言先生练习书法的路径，正好吻合了汉字艺术的三次变革，由字的构架及结体到线条的灵动和流变，言先生揣摩甚深，用力犹多。如今，他的草书独树一帜，不但展现出激情四溢想象飞腾的时代特质，更体现了云蒸霞蔚雍容大度的盛世气象。

当我们身处这个时代的时候，会感到众声喧哗，莫衷一是。但是，当这个时代成为历史，当事人的利益冲突，是非恩怨成为云烟，再来回顾这一时代的文学与艺术时，后世的人们才能清楚地看到，谁是这个时代的艺术的王者。从中国历史过往的朝代中，我们知道每一个朝代都会选择这个朝代的每一个方面的真正的代表者。我有一个预感，只要言恭达先生不改初衷，坚持自己的艺术道路，这个时代将有可能挑选他为书法艺术的代表者。

2013 年 2 月 3 日于闲庐，雨中

刘永泽书法浅议

刚刚接触永泽先生的人，会产生一个错觉，以为他是个罡风海雨手握雷霆的人，其实他粗犷其表蕴藉其心，豪气干云纵横捭阖的事情固然做得，但到底是书香与酒气俱春、寸翰与长文俱佳的人物。

作为文艺界的领导，近年来他呼吁建立“长江画派”，促进“荆楚书道”，可谓用心犹深，用力犹多。吹响湖北画坛与书坛的集结号，此种艺政，颇获各方面的赞誉。

执掌文坛殊非易事，除了团结文艺家发展繁荣全省各项艺术事业，自己也必须怀抱荆山之玉，手握灵蛇之珠。否则，便是外行领导内行，成为山阴道上的过客。

永泽先生的文艺才华，原也是多方面的。艺术策划、散文写作、吟诗撰联等样样来得，但他最为心仪的艺术还是书法。

前几年也许是性格使然，他好作擘窠大字，气势雄浑。若强挑毛病，惜其含蓄略缺。近两年他进入变法之际，换巨椽而操长毫，收敛那些甩胳膊蹬腿儿的侠客风范，而尽量在墨线之间展现书卷之气。点撇竖捺暂别风樯阵马，片纸尺幅渐见儒雅斯文。

去年秋日他在北京的书展，这种变化已经非常明显，冬季在天兴洲文人雅聚中展出的几十幅小品，变法的成果便已广泛得到同道们的赞赏了。日下他告诉我，将在海山金谷文化城中举办一个《海山故事》的小型书法展，并将部分作品影印赠我欣赏。从这些作品中可以明确感到永泽先生的书法有了脱胎换骨的变化，过去讲气势，现在讲法度；过去重骨力，现在重风雅。不单是字的变化，其书写内容亦从寻章摘句变成自作诗词。古人讲诗书同源，现在书法与诗艺竟成了两股道儿上的车。永泽先生刻意回归传统，追求隽永与含蓄的东方圆融之美，这一点尤其值得赞赏。希望永泽先生坚持这种变法，心旌摇荡地行走在荆楚书道上，迷不知终其所止。

2014年2月21日于闲庐

肖安民书法小析

肖安民先生是一个很安静的人，也是一个本真的人。这种性格不仅反映在他的日常工作上,更反映在他的绘画与书法上。

古话说书画同源，其道理在于书法与绘画的基本功都是线条。别简单看这线条，一岁孩子都会画，但耆老之年尚无穷境。齐白石的衰年变法，林散之的毕生探索，都是在线条的使用上求新求变。线条的艺术因人而异，如王羲之的行云流水，黄庭坚的风樯阵马，赵孟頫的雍容大度，王铎的汪洋恣肆……古往今来的书法家，要磨砺出自家门风，自家气象，不知要下多少功夫!

观赏安民先生的字，缺乏天风海雨的气势，但有方正大度之风骨。我见过一些习书法者，学前人字，可谓每一笔都有来处，但就是不见自己；亦有自诩前无古人者，却把字写到“面目可憎”的地步。相比之下，安民先生简单而不呆滞，结体闲逸而不空泛。欣赏他的字，不可走马观花，要沏一杯茶慢品。惟其慢，才能品出味道来。

2012 年 5 月 3 日

温馨的回忆

——文献纪录片《东湖梅岭毛泽东》观后感

今天是毛主席诞辰一百二十周年。我花了一个上午的时间，观看大型文献纪录片《东湖梅岭毛泽东》。在这一特殊的日子观看这部纪录片，感受非常强烈。

这部文献纪录片以新中国建立后，毛主席一九五三年至一九七四年四十八次来到武汉并入住东湖梅岭为主线，讲述毛主席在将近五百天的时间内，在武汉运筹帷幄，处置党政大事以及指点江山、激扬文字的一些鲜为人知的事情。纪录片分为《江城雪》、《梅岭春》、《东湖情》三集，通过对共和国同一时期历史进程的梳理，并采访了许多在毛主席身边工作过的老同志，他们以亲身经历者的身份讲述的关于毛主席日常生活中许多生动的细节，让我们真切地感受到共产党与新中国的缔造者毛泽东朴实勤俭，深邃博大的伟大形象。应该说这是一部难得的纪录片的佳作，它不但具有极高的史料价值，亦有不同凡响的艺术品位。

一九五三年二月十六日，按中国的旧历所称，是癸巳年的正月初三。毛主席在汉口的大智门车站走下火车，这是他在新中国成立之后第一次视察武汉。这第一次具有不同寻常的意义。因为这不但是他迈进六十岁门槛的耳顺之年，距他诞生的一八九三年，恰好过去了一个甲子。依今天的眼光看，六十岁尚在壮年，但当年的六十岁，却是标准的老人了。但我们看到的镜头中的毛泽东，却是意气风发，无论是步态还是笑容，都充满了自信。

斯时，年轻的共和国已进入第四个年头，正处在百废待兴迈入经济建设转型期的初始阶段。毛主席此时来到武汉，也是他从缔造新中国到建设新中国的历史转折关头。

可以说，毛主席对武汉并不陌生。他一九一八年二十五岁时第一次乘小火轮从长沙来到武汉，是为送别赴法勤工俭学的朋友。第二年为驱逐湖南军阀张敬尧北上京师请愿，途经武汉住了十天，此时在武昌结交了同为革命先驱的恽代英。一九二六年他来武汉创办中央农民运动讲习所。一九二七年他在武汉参加“八七”会议，提出“枪杆子里面出政权”的经典名言。一九二七年春节，他在武汉度过，在这里，他与夫人杨开慧以及大儿子毛岸英、二儿子毛岸青一起度过了一生中最为温馨的一段时光，他的三儿子毛岸龙，也是在武汉出生。在武汉，他写出了《湖南农民运动考察报告》这篇不朽的著作，也写出了《菩萨蛮·登黄鹤楼》这首脍炙人口的词章。自一九二七年八月底毛主席离开武汉回到湖南发动秋收起义，到一九五三年早春再次来到这白云黄鹤之地，他与这座城市暌违了二十五年。但此次重临，他不是为了怀旧而来，他并没有去看他的武昌都府堤四十一号的旧居，也没有以胜利者的心境重新造访“八七”会议与中央农民运动讲习所的旧址，作为共产党的领袖，他的兴趣永远在前面，他的兴奋点永远在实现理想的征途上。这部纪录片真实地记录了毛主席这种伟人的云水胸襟。

这次武汉的南巡之旅，毛主席视察了东湖，重游了黄鹤楼，与当地的党政军负责人作了多次谈话。正是因为他亲临实地的调查研究，才为武汉日后成为新中国重要的工业基地奠定了基础。兹后，武钢、武重、武船、武锅等一批大型工业项目全部落户武汉。一九五三年二月十九日，毛主席在武汉住了三天之后，便登上江轮，在长江水利资源委员会主任林一山的陪同下，开始前往三峡，进行了三天两夜的航程……

不必细数毛主席在武汉居住期间作出了多少个重大决策，也不必探究毛主席在东湖梅岭这一座除中南海菊香书屋外他最喜欢的居所内会见了多少国际友人，并在其旁边的梅岭礼堂内主持召开过多少党的重要会议……进入这部专题片，我们会进入一个伟人的发现之旅。

一九五六年的六月，毛主席在东湖宾馆的南山甲所，写下了《水调歌头·游泳》这首诗。诚如纪录片解说词中所写：毛主席尽管非常喜欢游泳，但只写了这一首以游泳为题材的词。其实，这首名为“游泳”的词，也不是全说游泳。前半阙“万里长江横渡，极目楚天舒，不管风吹浪打，胜似闲庭信步”写的是游泳，而下半阙“一桥飞架南北，天堑变通途”，“更立西江石壁，截断巫山云雨，高峡出平湖”，就不是说游泳了。这里抒发的是毛主席的宏图大略，让长江天堑变为通途，让浪奔涛涌的三峡变成波平如镜的平湖，是孙中山的夙愿，亦是毛主席积蓄已久的理想。

一九五六年六月一日至三日，他在武汉一连三次横渡长江。斯时，武汉长江大桥正在热火朝天的建设中。第二年的十月十五日，长江大桥顺利通车。此前某天的一个晚上，毛主席徒步自汉阳桥头全程走过长江大桥，那种喜悦自不待言。那一刻，他也许想到了一九二七年的春天，他带着两个弟弟毛泽民与毛泽覃和两个儿子毛岸英与毛岸青，从武昌乘小火轮到汉口吃豆皮喝豆浆的情景。现在，他在人民当中，但是，他的亲人却一个个为了革命而壮烈牺牲。他与中国人民一起分享天堑变通途的喜悦，但是，曾随他一起在武汉共渡危艰的亲人们，此刻却没有一个在他的身边来分享他的喜悦。镜头没有告诉我们这样一些细节，但是，我们却可以通过镜头来理解伟人的奋斗历史与沧桑岁月。

纪录片中还有这样一个细节，当农业合作社中出现了浮夸风，导致农民利益受损，毛主席通过调查研究得知真实情况后立即就布置纠正，并对一些当事的各级领导干部说：你们信不信上帝，你们不信我信。我的上帝就是老百姓。共产党人如果坐在象牙塔里不了解老百姓，这样非垮台不可。

毛主席说这话时，是一九五八年十一月在武昌召开中央政治局扩大会议的前夕。时隔四十五年，我们在今天重温，依然有着强烈的现实意义。以习近平为核心的新一届党中央领导集体，正是居安思危，践行毛主席开创的朴实勤俭的群众路线，才赢得了群众满意、社会稳定的可喜局面。

毛主席最后一次在东湖梅岭居住达半年之久。一九七四年十月离去时，他曾深情地对为他服务的宾馆服务人员说：“我还会回来的，我喜欢东湖。”但是，谁知道此一去竟成永诀，不到两年，他老人家就与世长辞。

通过《东湖梅岭毛泽东》这部文献纪录片，我们可以真实地了解到毛主席对武汉的感情寄托以及对东湖梅岭的喜爱。相信这部纪录片会得到更多人的欣赏。这乃是因为随着历史的推移，毛主席的历史贡献与地位将会更加凸显。而武汉以及武汉的东湖梅岭，亦因毛主席的原因而永远地载入史册。

2013 年 12 月 26 日于武汉

读冷军

虽然与冷军同居一城，但见面的机会并不多。一来他居汉口，我居武昌，交通堵塞，过江不易；二来艺文有别，不在一个圈子，很难在什么笔会中聚首；三来他不喜应酬，拿笔有快感，开会有痛苦。故很难通过会议握手言欢。但不见面不等于不交往，更不等于不知心。古人就讲过“文人宜散不宜聚”，这是至理。散多生情，聚多生衅。艺术家只能在孤独中灿烂，这是一种良好的状态。

冷军的绘事，不管是圈内还是圈外，名气都不小。一九九九年，他的油画《五角星》获全国第九届美展金奖。这是圈内人认可的成就；二〇一〇年，他的油画《肖像之相——小罗》在北京宝利艺术品拍卖会上，以三千一百三十六万元的高价成交。这个价格，足见他的艺术造诣得到了市场的高度认可。常言道，内行看门道，外行看热闹。冷军的油画，是要门道有门道，要热闹有热闹。在湖北乃至全国的美术界，他都有着不容忽视的地位。

但是，今天我要告诉读者的，不是油画家冷军，而是国画家冷军。

前不久，一位收藏家约我茶叙，席间打开笔记本电脑，让我欣赏冷军近两年画的国画图片。大概六十多幅画作，一幅幅浏览，顿时生了惊讶。内心中便有了这样一种感觉：冷军人是冷的，笔却是热的；人在出世入世之间，笔也在出世入世之间。

我此次看的水墨，分虎、狮、虾、竹四个部分。一色的水墨，不施一点粉黛。但笔中的精神，墨中的底蕴，着实让人看到了性灵。

冷军的老虎，在江城倒是不难见到。不少友人向他求画，他都以老虎相赠。此次见到的老虎，与他过去笔下的老虎却又有些不同了。不是似曾相识，而是王者归来；不是威风与皮相落入俗窠，而是侠士与宠物聚于一身。

老虎是中国画比较偏好的描摩对象。盖因中国信奉“云从龙，风从虎”的艺术表述。龙为九天之王，虎为百兽之尊。故画虎者，无不从“威”字上下手。工笔画之老虎，须眉爪尾，尽敷杀气。而冷军的大写意，却让老虎卸去了呆板，增添了可爱。威者，憨者，诮者，诘者，自视甚高者，小鸟依人者，相亲相爱者，高标独步者，各姿其态，各彰其形。从这些虎与狮中，我们既可以欣赏强者风范，又可以品味人情百态。特别值得一提的是这些虎狮画的题款，如《我爱我家》、《我的父亲母亲》、《吉祥三宝》、《不群不党》、《五好之家》，等等，将眼下流行的话语赋于不会说人话的兽类，再对照画面一看，不能不佩服冷军的冷幽默，前面说到他的笔是热的，于此可见。

冷军的虾亦饶有兴味，三两只虾卧于纸上，没有荇草，没有波光，但是，你却能感觉到这些本来应为水中弱类的虾们，却有着行者无疆的逍遥。这让我想起庄子的话“相濡以沫，不如相忘于江湖。”冷军称虾们为“文霸王”，称它们生活的水泽为“小乐土”，可见，他是把自己生命的追求赋予了虾们。随物赋形，观形见意，品味冷军笔下的虎与虾，仿佛可以看到他宁静中的波澜，淡泊中的坚守。

再说竹。读过郑板桥的诗句“夜阑卧听萧萧竹，疑是民间疾苦声”，再看他画的墨竹，便以为板桥先生的竹枝已属神品，后人恐难以企及。现在又看了冷军的墨竹，不免感叹“江山代有才人出”了。冷军承继了板桥的风骨，让竹不入俗流，但又撇开板桥另辟蹊径，不让人窥见竹之全部，而只欣赏局部之劲节。横斜疏密之间，尽见韵致。我见到的画幅，竹枝上不见青天，下不见厚土，截取中部，墨之浓淡，线之粗细，仿佛都信手绘去，但一枝一叶，莫不让人想见天籁。此类竹画，诚非巨制，纯属小品，但其楮墨风流，可谓得了明清小品的神韵。

虎也罢，虾也罢，竹也罢，在冷军笔下，它们都是竹林七贤式的人物。独步山林，笑傲江湖，举手投足皆非凡品。没有华丽外表，但有君子气质。冷军成名于油画，但我乐观地估计，他的国画将会成为他艺术生命中的第二座高峰。有他在，荆楚的画坛便多了一份灵气，我们也多了一份期待。

2012 年 12 月 25 日于闲庐

用笔墨怡养心灵

——简评周汉章先生的书画

与汉章先生认识多年，后来成为高尔夫球友。开始只知道他做广告生意，同时开了好几家公司，经营有方，属于有恒产的人。大约六年前的春节，他来我家叙春，带来一幅他自己绘制的山水画给我暖年，这才知道他除了商业之外，还有水墨丹青的雅好。顿时在感情上又与他走近了许多。

绘画、书法、音乐、戏剧、杂技，曲艺，等等，统称为艺。这艺又有庙堂与民间之分，也即是阳春白雪与下里巴人之分。时至今日，我们进入了科技时代，这艺又有传统与现代之分。上述六种，每一个门类里既有传统，也有现代。按世俗的说法，阳春白雪多为学院派的专业人士所造，而下里巴人则生于巷陌，饾货杂张，百彩纷呈。

论及艺坛中人，每以阳春白雪誉之，下里巴人诮之。其实不然。艺术的生气自古至今均产自民间，所谓文化的繁荣，则应该是社会各个层面各个领域的人，莫不都能钟情于艺术，遣兴于文学。如果广大的民间每一个角落，都洋溢着游乎艺且悦于文的气氛，国民的素质自然而然地就达到了理想的高度。

从这个层面上看汉章的书画作品，亦觉得大有玩味之处。他不着文人皮相，亦不落大家窠臼，只把握自家的一支笔，洒脱脱地写，泼刺刺地画。尺幅中的山水，多用方笔，多用重彩，裱挂起来不见俗气，且有灵气。他的书法揣摩章草，亦用方笔，线条朴拙而少勾连。虽没有行云流水之韵律，却可见勃发之姿。这么评价汉章的书法，不是夸他已臻妙境，而是自抒机杼，见匠心而收敛匠气。

难能可贵的是，汉章先生热爱艺术却不以艺人自居，热爱书画却游离于书坛画坛之外。每临静夜，试墨不辍，曙色一至，又成了忙碌的生意人。这样的生活状态，保证了他的书画作品摒弃了功利。也就是说，他不靠这些作品换得金钱地位乃至名头，只想通过笔墨来怡养自己的心灵。如此一来，文艺便在他的心灵中繁荣了，这样的生命状态，是值得称道的健康！

2012 年 10 月 9 日

贺《经视人》创刊

湖北经视是全国第一家省级经济电视台，成立二十六年来，伴随着时代风雨与改革大潮，一路拓土开疆、创新不止，连续二十多次获得全国省级频道十强称号，其收视率已连续十四年位列武汉市所有能收看到的电视频道首位。

湖北经视关注民生、贴近生活、心系百姓，先后推出《经视直播》、《经视欢乐送》、《咵天》、《经视故事会》等一批脍炙人口的精品栏目。将其新闻之根、艺术之本深植于人民大众的喜怒哀乐之中，从他们的眼前事、心中情中提炼出既属于时代又属于他们自己的中国梦，其可喜的探索与精益求精的态度，得到同行的肯定。经过二十多年的不懈努力，湖北经视已成为湖北广电系统享誉全国的品牌与名片。

回望过去，桃花灿烂；瞻望未来，彩霞满天。

在新的历史形势下，相信湖北经视同仁不会躺在功劳簿上沾沾自喜，而会秉承已经建立起来的优良传统，保持忧患，革故鼎新，用自己的智慧与责任，探索出传统媒体与新媒体融为一体的创新之路，让一方连接千家万户的小小荧屏，继续为改革服务，为时代讴歌，为百姓抒发心声，创造出更加美好的未来。

值《经视人》创刊之际，写下以上文字，聊表心意。

2014 年秋

用开放的眼光编好《荆楚文库》

关于《荆楚文库》的编纂，我有两个建议：

第一，是已经编纂了文库的这几个省，湖南也好，安徽也好，他们的整体水平，他们在选编方法上、质量上对我们有一个参照，我们能否后来者居上、能否编好这套书，要做点研究工作。第二，《荆楚文库》项目得到了领导们的大力支持，但编纂工作的最终落实点，关键就是参与这些编辑工作的专家们的眼光很重要。就算专家们的体力再好，也不可能把几千年的关于湖北的书都编进去，专家选编的眼光应该有一个什么样的评判标准呢？当年我们崇文书局编了一批精品图书，作为世博会那年送到美国国会图书馆馆藏的镇馆之宝。那就是在湖北张之洞手上编的，也是现在唯独在海外的最大型的一套书，这套书现在我们去看都不容易。但现在这个问题解决了，美国国会图书馆的大部分资料已经解密开放，我刚从美国回来，关于我国甲午战争期间的日记，所有官方的批文奏折，包括湖北张之洞开放的所有的官方文件等很多文献资料，在美国国会图书馆都可以查到，其中也有不少我们湖北的。再如熊承家局长，他那里有一大批有关武汉海关在张之洞时期开埠的珍贵资料，我们在编纂文库的时候也可以利用这些文献资料。我在写张居正的时候，就到雅安去找历史资料。据县志记载，一个农户的一千斤稻谷要交税给国家，还要自己到六个地方去送，最后变成只送了一个地方，就这一件事情，一百七十多年的明朝历史都不能解决，我利用了很多地方志和历史资料。《荆楚文库》是编给今天人用的、看的，收集资料存史是一部分，运用是一部分，我提议将来《荆楚文库》在编辑体例上，既要重存，也要重用，我就补充这一点。

2014 年 7 月 18 日

述忆之什

《故乡》自序

人来到这个世上，有两件事不容自己选择，一是父母，二是故乡。中国人的忠孝观念，便是由这两个先天的存在而产生。孝对应父母，忠便是对应由若干故乡连缀起来的祖国。在英文里，母亲和故乡两个词组合在一起便是祖国。因此可以说，爱父母与故乡，就是爱自己的祖国。

考诸族谱，我的先祖是从江西南昌迁来湖北。但“熊”姓是楚国国姓，我的远祖应是湖北人，至于何时因何种原因迁到江西，因年代久远史料缺乏而难以考证了。但有一点可以肯定，无论是从文化意义还是在生命意义上讲，湖北都是我的故乡。

人对故乡的感情，是随着岁月的推移而逐渐增厚的。少年时，人们会渴望走向陌生的世界，在更广阔的天地里去寻找生命的归宿，去获得丰富而澎湃的生活。一俟老境将至，思乡之情便悄然而生。古人讲“二十作出山计，六十作归山计”，即是说一个人的少年与老年均应在家乡度过。古人是这么说的，也是这么做的。无论是入仕为官还是作贾经商，临到白发染鬓，都会叶落归根。今天的人，只要一离开家乡，便犹如婴儿离开母腹，脐带一断，就永不可回归。

但是，今天的人虽不能回归故乡，但思乡之情仍不可阻断。母爱与乡情，无论任何时候，都是一个人的基本情感。我生也有幸，一辈子生活在湖北，虽然不是出生的桑梓之地，但若以省籍划分，我仍是生活在故乡之中。

位于长江中游的湖北，乃是众山环绕，江汉横贯的千湖之省。西部的武陵山区，为土苗聚居之地，崇山峻岭中既生大神秘，又是歌舞之乡；中部是平畴千顷的江汉平原，是荆楚风情中最好的鱼米之乡；东部的大别山区，一直是浸透了楮墨风流且又英雄辈出的人才高地。常言道“山厚地厚人忠厚，山薄水浅人轻浮”，湖北是真正的山厚地厚之地，因此，生活在这片土地上的人们有智慧也有能力创造多姿多彩的生活风情与雄视千古的历史画卷。

我的一生没有离开过这片土地，有幸的是，我的作家的职业使我有可能将我对这片土地的历史与风情，山水与人文，观察与欣赏，感慨与思考及时地记录下来。数年下来，便有了收进这个集子的四十二篇散文。它们不是全白的，却是真实的；不是系统的描绘，而是比较鲜明的个人行纪。

蛇年伊始，应天下图书出版公司编辑的邀请，我编辑了这本专门写湖北散文的书，名为《故乡》。我想，这本书出版的时候，一定是在春光明媚之日。那时候，荆楚大地也迎来了一年中最让人陶醉的莺飞草长的季节。希望读者能带着这本书到江南旅行，并因为这本书而与我一起分享故乡的温馨与美丽。

2013 年 1 月 6 日于闲庐

《明朝帝王师》自序

两年前，王亚明先生主持《紫禁城》月刊的改版。他想在保持这份刊物的学术纯粹与艺术品位的基础上，再增加一点活泼与通俗。经故宫博物院及紫禁城出版社两级领导的推荐与斟酌，组成了《紫禁城》月刊新的编委会，我有幸入选。二〇〇八年十月份，第一次编委会召开。亚明在会上提议我在月刊上开一个专栏介绍明史知识。我想了想，便提出撰写《明朝帝王师》的系列文章。亚明及月刊的编辑们都表示同意。于是，自二〇〇九年第一期开始，这个专栏便在《紫禁城》月刊上与读者见面了。

明朝帝王师，是一个非常特殊的政治群体。这乃是明朝的政治制度所决定。开国皇帝朱元璋诛杀宰相胡惟庸之后，由此担心大权旁落，遂永久废除了宰相制。由皇帝直接管理国事，领导群臣。由于少了宰相这个环节，皇帝便变得格外繁忙。朱元璋于是找了几位顾问集中在文渊阁帮他处理事务，这便是内阁的由来。

最初的内阁其实就是一个秘书处，官阶最隆者也不过五品。但是，凡入选者都必须是士林公认的饱学之士。演变到后来，凡入阁当辅臣者，首先必须取得大学士的头衔。

明朝的科举制度是选拔官员的主要途径。每次会试中进士者，必会选拔二十名左右的青年才俊，到翰林院继续深造。凡选中者称为庶吉士。深造期限一般两年。优秀者便留在翰林院充讲官、词臣和史官。这个讲官，就是给皇帝授课的人。但是，并不是所有的讲官都拥有帝师的身份。

所谓帝王师，一般都是先当太子的老师。凡被立为太子的人，便自动获得储君的身份。明朝对于储君的教育相当重视。管理太子的事务机构叫詹事府，与詹事府平行的还有一个左春坊，是专门管理太子教育的衙门。凡讲臣、词臣、史官这三种归口翰林院管辖的文臣，都有资格获选为太子师。凡选为太子师者，时人便以“储相”待之。

每当皇帝驾崩后，太子登基。一般都会启用自己的老师进入内阁担当辅臣乃至首辅。明朝内阁，虽然最初的创设只是秘书机构，但自永乐后期特别是宣宗皇帝之后，它基本上成了国家的行政中枢。权力与地位均在六部之上，内阁首辅实际上变成了没有宰相头衔的宰相。因此，明朝帝王师除朱元璋和朱棣两朝之外，经历大多清晰可寻，依次是：庶吉士——翰林院文臣——太子师——帝师——内阁大学士。

通过以上演绎，我们不难发现，明朝帝王师不可简单以教师身份看待。他们其实是各个时期重要的政治家与国务活动家。他们的学术思想、政治观点以及处事方法，不仅影响到皇帝，更影响到明朝的治国方略。

明代储君的学习内容，以经史为主。习经则上宗孔孟，本于程朱。习史则揭示历代帝王治国之道、兴衰之理。讲经者寻章摘句，虽屡见智慧然大都泥古；讲史者发挥较多，较之经籍更能让人体验治国之得失。因此，明朝的帝师，学问不必有创见，但须雍容深厚。臧否人物可以一针见血，但不可标新立异，更不能“怪力乱神”。

所以，以思想家誉之帝王师，则不允当。尽管少数的帝师确有自己的思想体系，但作为一个群体，他们不是以思想取胜，而是精于治术。

我曾经说过，在中国历史中，始终有政统与道统之分。皇权代表政统，而士林代表道统。明朝帝王师既是政统的维护与调适者，亦是道统的保养与坚持者，将两者统一起来，单靠帝师的努力是不可能达到的。帝王与帝师之间的关系，既是君臣、主仆，又是师生与少长。在专制的王朝，知识永远只能是权力的附庸。明朝的帝师们，虽然没有以知识取祸，但在成为内阁辅臣之后，往往与其当学生的皇帝政见不合而导致悲剧，轻者见弃，重者甚至招来杀身之祸。

明朝的帝师中，真正学问高深者只在少数，但越是平庸者越是能够善终。正因如此，帝王师在明代，既是一个显赫的职业，亦是一个高危的人群。

本书选取的十五位帝王师中，大多是国人耳熟能详的人物。通过他们的升沉际遇，可以看到整个明朝的发展轨迹与政治走向，亦可看到明朝皇帝们的“众生相”。他们或亲民，或祸国；或勤政事，或荒社稷。对待自己的老师们，或始亲终弃，或名倚实疏；或用其术而贬其人，或尊其人而疏其术，不一而是。

差不多用了一年的时间，写了十五篇帝王师的文章。这十五位帝王师的选取，大致照顾了时代的分布与读者的熟悉度，亦考虑到不同类型的代表性，但仍不是一个严格的选择，还有一些重要的帝师未被录入。这是一个遗憾，只能留在本书再版的时候，再予以增补。

本书在写作过程中，得到很多朋友的支持和鼓励。尤其是左远波与李文君两位编辑，纠错勘误，做了大量的工作，在此向他们致以诚挚的谢意。

2010年2月21日（正月初八）于梨园书屋

《史诗墨象》序

小时候，读苏东坡的前、后赤壁赋，虽不能完全领悟其奥妙，但于似懂未懂之间，亦能心向往之，产生摹仿之心。稍长，看到《前赤壁赋》之字帖，心中便充满欢喜。窃想，如果一个人既能写出如此灿烂之文章，又能亲手书之，岂不美妙。从此，能书能文便成为我人生追求的一个目标。

我五岁即入读小学一年级。课本简单，不费什么脑力。于是课余时间，外祖父便开始教我背诵《唐诗三百首》并临帖习字。我之学作旧体诗，自七岁始。此前，于字之平仄、对仗已学习了两年，我学诗先以对联开始。外祖父让我从一个字开始，他出“绿”，我对“红”，从想了以后对出，到脱口而出。然后再加字，从一个字一直加到三十个字。对联过关了，方允我开笔写诗，先写五绝，而后七绝，尔后五律、七律、排律……“文革”期间我正值少年，虽然也受到时势影响，但僻处山乡帮助了我，让我对于旧体诗写作乐此不疲。

相比于长诗，我之练习毛笔字也很有兴头。但稍长之后，特别是下乡、参军期间，写毛笔字的机会越来越少，故中途搁置时间较长。二十八岁当上专业作家之后，我自费订的刊物有三种《当代诗词》、《中国书法》、《象棋》。由此可见，我虽然写的是小说、新诗与散文，但我个人爱好，仍在旧体诗与书法上。顺便说一句，我上初中时还学会了象棋，下乡当知青时，我已是远近闻名的棋手，可以同时下两盘闭目棋。只是中年以后，再也没有时间保持这一爱好了。

本世纪后，随着中国传统文化的回归，作为国粹的书法与诗词重新受到重视。但是，毕竟疏远的时间较久，它们重新回到文艺的百花园中，绽出的花朵并不鲜艳，写诗词的人虽不乏大家，但貌合神离者多；书法领域，虽然气象万千，但写字的多，我手写我心者，也是少之又少。究其因，固然有社会的原因，也与习艺者自身的修养有关系。

在中国古代，写字是文人必备的素养。用今天的书法标准来衡量，古文人几乎每一个人都是优秀的书法家。今天，书法已脱离了知识分子的日常生活，而成为一项专门的艺术。这一变化，好处是习艺者受到社会的尊崇，弊病是书法成为了形式上的艺术，而与古人形质兼融的书法相去甚远了。

我一直喜欢书法，但从没想到要当一个书法家。我的想法是，书法是文人生活的若干种方式之一。王羲之写《兰亭序》，绝不会想到他要为后世留下什么书法杰作，而是要用笔把他的文章抄下来。王羲之之后的苏东坡，挥毫写出《前赤壁赋》的初衷，应该与他没有什么两样。从少年开始，我从未间断过旧体诗词的写作。近年来，不少人索字，我便择其诗作中对路者，抄而赠之。这样一来，朋友们认为此种字幅纪念性及针对性强，故求索者日众，倒成为我与朋友交往的一种方式了。

这本《史诗墨象》，是我从历年的咏史诗中择出九十六首用长锋的羊毫抄出。既然没有戴书法家的帽子，所以也就不怕有人笑话。感谢河北教育出版社的襄助，使这本集子能够与读者见面，满足了我敝帚自珍的愿望。

2010 年 5 月 31 日上午

《闲庐文钞》序

自一百年前白话文兴起，诸如铭、表、诔、赋等文体已弃之不用，记与序等文体，虽然尚存于文学，其制作亦非原旨。我之求学经历，与同辈人稍异，从小浸淫旧学，耽享至深。稍长之后，以作家名世。于写作新诗、小说、散文之余，亦时时以旧体诗词、古文写作为乐事。然长期以来，仅限于朋友间传阅。皆因新文学运动以来，懂此类文字之人，已少之又少。现今七十岁以下之人，大多不能以古文写作，六十岁以下之人，困难犹盛。近几年来，随着国学重受追捧，研习古文诗词之人渐渐增多，古文体之篇章，流传渐广矣。

作为文字训练，自少及长，我之古文体写作，从未间断。然尝试用古文写时代之事，抒今人襟抱，则自上世纪九十年代始。本集所选二十九篇文章，皆此后之作。其中约三分之二文章，在《人民日报》、《光明日报》等报纸刊载。今日文言，为主流媒体接纳，从中可以看到时代变迁。

本集文章，分赋、记、序三种。其赋多为承制，其记多为游兴，其序则为邀笔。收录既为文言，却非一味慕古。精神超迈，词藻纳新，亦有可为之处。

此前，承蒙陕西师范大学出版社高经纬社长美意，为我出版旧体诗集《闲庐诗稿》。此次又鼓励我将数年之文言篇章选辑出版，复名为《闲庐文钞》。甚慰笔者敝帚自珍之念。

2010年2月4日（立春）于闲庐梨园书屋

文学的选择

少年时读杜甫的诗“文章憎命达，魑魅喜人过”，不大理解其深意，只是困惑，好运当头的人，为何写不出好文章来。稍长，读辛弃疾的词“把栏杆拍遍，无人会，登临意。”便渐渐能窥其堂奥。这种英雄气度，与唐朝诗人陈子昂的《登幽州台歌》所表述的那份苍凉，可谓一脉相承。

中国文学自古至今，一直有着一个很好的传统，即忧患意识。“生于忧患死于安乐”这样的一个命题，几乎成为中国作家代代相传的基因。这便是杜甫“文章憎命达”的来由。我曾作过一个粗略的统计，自秦以降，中国历史跨过那么多王朝，始终是乱世多于顺世，至于盛世，更是屈指可数。因此，疮痍与苦难，在作家的心中发酵，出乎为文，成就了不少名篇。如果我们以文学的眼光看中国，则魏晋与盛唐是两个既非常优秀又迥然相异的范本。魏晋时期虽结束了东汉末期长达一个世纪的战乱，但还称不上顺世，以“竹林七贤”为代表的作家们，为摆脱士族政治的压抑，而穷形极相地张扬个性。这种放纵的结果，导致作家与社会的尖锐对立，最终两败俱伤。魏晋风骨，作为个体而言，是心灵解放的绝响，但是，对于社会而言，则是一种责任的放弃，甚或可以说是一种破坏而不是救赎。

盛唐的文学却不一样，文学虽然是个人的行为，但却是国家的事业，几乎每一个作家，无论他是宰相还是平民，是元帅还是穷儒，都有着锦心绣口吐出七彩华章的能力。至今，盛唐气象令我十分景仰。什么叫盛唐气象呢？我个人认为，即国家的意志符合民族与百姓的需求，而文学又非常准确地反映了这样一种时代精神。一种积极健康的情绪主导并作用于作家创作。今天，我们不管是读到“君不见黄河之水天上来，奔流到海不复还”这样气势豪迈的诗句，还是“但使龙城飞将在，不教胡马度阴山”这样卓然傲立的自信，都能让我感受到作家磅礴的胸襟；即便狂放如“天子呼来不上船”，浪漫如“云想衣裳花想容”，我们仍能体会到作家既惊世骇俗又心地坦然的大家情怀。

当今之世，中国的综合实力得到迅速提高，社会各阶层的民众都程度不同地享受到社会进步带来的福祉。研究中国的历史就能知道，我们正置身于千载难逢的盛世之中。中华民族再一次抖落满身的风霜与心灵的疮痍，跃上理想的高地，创造亘古未有的史诗。

相比于时代，我们的文学显得有些滞后。虽然，我们已经创造了一些格调高雅品质浑厚的作品，但相比于狂飚突进多姿多彩的时代，文学的声音尚未达到黄钟大吕的效果。就我的阅读经验，衡量盛世文学的标准，应该感情充沛却绝无矫揉做作；虽有儿女情长却更具英雄气概。大凡一个气势雄健的时代，文学的园林里绝不可能是一片窃窃私语。脂粉气、浅笑与哀愁，不可能成为文学的主流。当北宋的文学，从以苏东坡为代表的豪迈俊逸过渡到以李清照为代表的哀戚感伤之后，我们便清晰地看到了赵宋王朝由盛转衰的轨迹。

国人的精神气象也是衡量盛世的重要标准之一，文学恰恰就是一个民族的精神气象的具体体现。文学不可能像政治与经济那样直接作用于社会，培植国力。但增强民族的凝聚力，却是文学不可或缺的功能。我们生于斯世，就应该有能力承担斯世的责任。作家不能选择时代，但时代却可以选择作家。在当下，一个作家对社会不但要有清醒的批判的能力，更应该有昂扬的建设者的责任。

所谓盛世，即政治家可以引领潮流，实现民族复兴的理想；科学家可以让手中的灵蛇之珠发出更为璀璨的光芒；而文学家，尽可用手中的彩笔，写出超迈古人的瑰丽雄奇的史诗。让更多的史诗般的作品诞生，这应该是当下这个时代的文学的选择。

2007 年 8 月 7 日下午匆草

我们的精神家园

改革开放这么多年来，有些词语是一再遭到批判的，比如落后、狭隘、保守，等等。人到中年以后，涉世日深，见到的东西多了，我忽然发现，保守也是一种美德。

我第一次说这句话的时候，朋友们睁大眼睛盯着我，一下子觉得我非常陌生。我知道他们误会了，以为我不赞成生机勃勃的改革事业了。我于是向他们说明，不管是过去、现在和将来，我都是一个彻头彻尾的改革派。但我的观点是：改革是一个政治的概念，而保守是一个文化的概念。

自古至今，国家制度与社会形态的变更，激烈时称为革命，温和时称为改革。但文化是不可能改革的，它只有遵循、演变与推陈出新。这过程非常缓慢。

文化的演变始终存在于风气与风俗两者之间。风气的作用自上而下，风俗的作用自下而上。纵观历史，凡乱世中激进人士多，顺世中保守人士多。凡激进者，莫不以毁灭与改造旧世界为己任；凡保守者，都将守护固有的精神家园视为神圣的使命。

还有一个有趣的现象，无论中外，凡既有恒产又有恒心的人，文化上都相对保守；凡仓廪实而知礼节的时代，在文化上，也大多向往世世代代传下来的精神家园。

说到我们中国人的精神家园，盘一盘家底，究竟有哪些是区别于异质文明的“国粹”呢？是春节、清明、端午、中秋这样的节日？还是上元花灯、城隍庙会、七夕乞巧、重九登高这样的风俗？是河套的花儿、川北的皮影戏、无锡的泥人和杨柳青年画这样的艺术？还是阳澄湖的大闸蟹、重庆的麻辣烫、潮州的白果芋泥和洛阳的水席这样的美食？岳飞、文天祥等英雄志士的情怀沸腾了古人的血也沸腾了今天的我们。梁山伯与祝英台等才子佳人的故事赚了古人的眼泪至今还在赚着我们的……

我们的国粹太多太多，当然不是全部都好，但主体部分都是好的。我的精神家园真是琳琅满目啊！一旦社会稳定，百姓富裕，他们都会品享这些优质的传统。如果来一激进分子，说这些过于陈旧，把春节换成圣诞、端午换成愚人节，你会接受吗？所以我说，在文化上，保守是一种美德。

中国人向来安于平静，有着精神内敛的传统。因此他们向往的精神家园，必定是淡泊如月光下的高山流水、优雅如寺院的暮鼓晨钟。这精神家园的设计师，最初应该是老子、庄子、孔子三人。后世的贤哲不停地改造、不停地翻修。有时候改造得不伦不类、牛头不对马嘴；有时又翻修得十分得体，令世人艳羡。

如今，这精神家园又传到我们这一代人的手中，我们该如何修复它呢？历史上有很多的蓝本，汉唐也好，明清也好，我想它们都不合适。我们这一代中国人的精神家园，不但要淡泊、优雅，还应该激情、昂扬。用淡泊与优雅消除浮躁；用激情与昂扬来保持国家的永远强盛。

2007 年 11 月 8 日（立冬）匆草

生命的情结

三月末，武汉大学颁发第五届杰出校友奖，共九人获此殊荣，我名列其中。当我从校长刘经南院士手中接过奖证时，不知为什么，心里头竟生起了一股惆怅。

如果说我的生命中有很多情结的话，武汉大学是我最重要的情结之一。也许是因为闻一多、黄侃、刘绶松、程千帆、沈祖棻等先生的缘故，我的少年时代，就梦想能够到武大中文系读书。当然，这里面还有另外一个原因，即我初中的班主任兼语文老师，毕业于另一所师范学院的中文系。他对我说："我考大学填报志愿时，第一志愿填的是武汉大学中文系，因为分数不够没有录取。"当时，在我这个少年的眼中，老师是一个知识非常渊博的人。我想，老师这么好的学问，居然考不取武汉大学，那这个武汉大学，该是怎样一座圣殿呢？因此，长大后到武大念书，便成了我的梦想之一。

一九七四年，我由县城下到农村当知识青年已经四年了。区知青办推荐我上大学。听说武汉大学中文系有一个名额，我非常高兴，便申请到武大。不几天，招生办负责人找我谈话，他希望我换一个学校，并言明给我安排了一所更好的大学。我问去那儿，回答是清华大学，专业是电机。我一听就立即表态，我不去清华。理由是我数理化的基础太差，我对理工科没有任何兴趣。就这样，武大没去成，清华自然也没有上。第二年，我参加工作到了县文化馆。两年后恢复了高考，我非常高兴。考试前填志愿，从第一志愿到第三志愿，我填的全是武汉大学中文系。结果这一次考试，因为各种原因，仍名落孙山。第二年我准备再考，谁知临上考场前两天，我急性阑尾炎发作，遇上庸医开刀，在床上躺了半个月，伤口尚未愈合，自然又失去了一次机会。到了一九七九年，我忽发奇想，觉得再考大学本科没意思了，决定直接报考研究生。须知我只是六八届初中毕业生，跳过高中、大学而读研究生，无异于痴人说梦。但经热心人引荐，我见到了武大中文系老教授毕奂午先生。交谈几次后，毕老竟然同意我报考他的研究生，并给予热情指导。正在我紧张准备之际，我的政治抒情诗《请举起森林一般的手，制止》发表，并获得全国首届新诗奖。此间我结识了恩师徐迟以及骆文，二老提携新人，将我从县文化馆调到省作家协会当专业作家。尽管这样，我仍没有放弃考毕老的研究生的想法。徐迟知道了我的想法后，就劝我不要再考了，可以一边写作，一边自学。他还跑到武大找到毕老，希望他不要招我这个研究生。就这样，我第三次报考武大又告落空。到了一九八五年，武大校长刘道玉先生倡议办一个作家班，由中国作家协会推荐二十名青年作家入校学习，我名列其中。第四次我终于如愿以偿，圆了武大梦。

我们班上的同学，多半都是当时文坛上比较活跃的青年作家，年龄最小的二十八岁，最大的四十五岁。如今二十三年过去。大多数同学如陈世旭、朱秀海、水运宪、王梓夫、谢鲁渤、晓剑等，都还笔耕不辍，不断有佳作问世。但是，恰巧年龄最大的和年龄最小的两位同学，都相继离开了人世。三年前，我们作家班的同学在入校二十年之际，相邀着回了一趟母校，拜望老校长以及当年授课的老师，都感到无比亲切，同时也非常怀念那两年的校园生活。想到过世的两位同学，我们都有着那种“遥知兄弟登高处，遍插茱萸少一人”的酸楚。

有的人一生都在向往。认真一想，其实值得向往的东西并不多。同样，人过中年之后，难免会回望过去，充满怀念。仔细探究，真正值得怀念的人和地，也是少之又少。就像我，除了怀念故去的亲人，就是生养我的故乡以及教育我的校园了。

2008 年 5 月 4 日晚

春节的怀想

我一向认为，最能体现中国传统文化的地方，不是在大城市，也不是在乡村，而是在小城镇。大城市中标新立异的人多，领风气之先，因此很难固守传统。而乡村过于散漫，有传统却又缺少文化。小城镇则不一样，它是散漫的乡村的结晶。里头住着地方上的儒雅之士，他们很少受到欧风美雨的侵蚀，因而能将传统的生活方式赋予温馨的诗情画意。如果在中国传统的端午、中秋、春节这三大节日里，你置身在某个小城镇中，就能体会到纯正的中国味儿。

我的童年与少年，便是在这样一个小镇上度过。几十年时间过去了，故乡小镇里逶迤的城墙，敷着炊烟的苍黑的瓦脊，以及在鹅卵石的街面上舒展着四肢晒太阳的小狗，像一幅幅的水墨，在我记忆中拂之不去，这里头最让我难以忘怀的，莫过于过春节。

小镇上的春节，热热闹闹差不多一个多月。前半个月是忙着办年货。一过除夕，直到元宵，便是过节了。小镇上平常人不多，街面上通常冷清。但一进腊月，四乡的人都涌到镇上来打年货或卖土特产。长途班车也一天增加好几趟。许多奔波在外的游子都赶回来与家人团聚。喜欢热闹是孩子的天性。每天，我都会在人群中嬉窜，到处看稀奇，看那些陌生的面孔上洋溢的微笑。所以说，每年的春节，是我最兴奋的日子。

现在回想起来，儿时的兴奋，除了看热闹，还有三个重要的原因，就是可以穿新衣服、可以吃肉、可以放鞭炮。这三样，在今大看起来，是家常便饭，是最简单不过的事。但在几十年前，对于一个手工业家庭的孩子来说，却是蓄积一年的渴望。

春节最主要的内容，应该是除夕的团年饭。在我的故乡，都选择早晨吃团年饭。头天晚上，我们都睡了，唯有母亲一人在灶间忙碌，煎炸蒸煮。在我的记忆里，她总是忙一个通宵。第二天清晨，往往天还没亮，她就把我们喊起来吃年饭，为的是“越吃越亮”，讨个吉利。现在，城里的团年饭都在宾馆、酒楼中吃。而在乡村，也很少有天不亮吃饭的人家了。

记得在母亲做团年饭的夜晚，我总是不想上床睡觉，而是无比兴奋地赖在灶间。闻到各种食物的香味，馋得直吞口水。母亲当然知道我的小心思，她笑着将炸好的鱼块、肉丸塞几颗到我的嘴里，然后催我上床睡觉。她这么做自有她的道理，因为第二天是除夕，按习俗，除夕夜要守岁。她怕我头天晚上熬了夜，除夕就不能坐到天亮了。

我年轻时写过一首诗，专道除夕夜守岁的感受。有这样两句：“卸下一年的疲劳，一家人围炉向火，童话里的鲜花在笑声中绽放。”这实在是奇妙而欢乐的感受。但是，自从中央电视台的春节联欢晚会开播后，这种亲情团聚闲话古今的习俗，便渐渐淡出了我们的生活。娱乐型的社会让人生活得轻松，但也让人感觉到感官的享受大于真情的流露。

几十年的光阴风过、雨过、惆怅过、欢乐过。不管平时生命的状态如何，每逢过年，心情便多了一份期待。近年来，我们总是说要过一个祥和的春节。其实，祥和是每一个中国人的期待。我个人认为，祥和既是家庭的，也是社会的；既是城市的，也是乡村的；既是族群的，也是自然的；既是时代的，也是历史的；既是精神的，也是物质的；既是朴实的，也是优雅的。可以说，真正的祥和在历史中并不多见。惟其稀缺，它才会成为我们追求的目标。

在我的童年，我感到春节的气氛是祥和的。尽管日子过得磕磕巴巴的，但浓得化不开的亲情可以弥补生活的艰难。一家人团年，更是亲情中的亲情，传统中的传统。近十几年来，人口的流动性急剧增大，一家人围炉向火的温馨，对很多人来说，已是可望而不可及的奢求了。而我，自从离开故乡的小镇之后，也很难从容不迫地过上一个与父老乡邻欢笑团聚的春节了。不是不想，而是快节奏的生活，让我心身不由己。尽管心里头不只一次吟诵过“归去来兮”，但事实上，我渴望的亲情，仿佛伸手可及，却又抓不住它。

我的旅游年

二〇〇七年是我的旅游年。尽管我爱好旅游，但让我拿出差不多几个月的时间在旅途上奔波，这也并非是我的选择。事实上，我的旅游尽管是快乐的，但却是被动的；尽管是丰富的，却是劳累的。因为拍摄《风云三国志》这一部大型的历史专题片，我带着摄制组八位同志，分驾两台车，走过黑龙江、吉林、辽宁、内蒙古、山西、陕西、河北、河南、四川、重庆、云南等十一个省市，行程两万三千余公里，采访了数百处三国遗迹。

一路上，我们探访了很多古战场，很多消失了的城市的遗迹，很多三国后人的纪念建筑、坟茔以及一些新造的三国旅游景点。可以说，在中国的历史长河中，没有哪一段历史像三国时期那样，让国人如此地津津乐道。三国的历史不足百年，但留下的遗迹，将全国以及省、市三级文物保护单位加起来，也有将近千处。这么大的数量，也为国内仅见。

在采访过程中，我们也碰到许多有趣的问题，如三国时期最重要的人物曹操、刘备、孙权，都没有像样的纪念祠，特别是曹操，纪念他的古建筑，连一处都没有。在洪湖乌林，我们看到当地农民在他的兵败处砌了一间纪念他的草庙，简陋不堪。但是，关羽与诸葛亮两人，后人留下的纪念性建筑，每人都有上百处之多。像洛阳关林，当阳的关陵，成都武侯祠，汉中的武侯基，等等，都是全国重点文物保护单位。而南阳武侯祠、襄樊古隆中与五丈原的武侯祠，也都是省级文物保护单位。去年十月，我们去五丈原的时候，正好是诸葛亮的生辰。那一天秋雨绵绵，凉意加深，我依次看过五丈原上保存的诸葛亮多处遗迹，然后，应五丈原武侯祠管理人员的邀请，赋诗一首以作留念：

一自卧龙离去后，蜀水巴山响杜鹃。
归辇犹闻笳鼓状，卷戈谁抚铁衣寒。
苍天不遂英雄志，大地空留烈士篇。
难信金瓯能欠缺，陇头司马定中原。

第三天，我们又来到汉中勉县的定军山，诸葛亮死于五丈原，遗命葬于定军山。看过他的松楸森森的墓冢之后，又应主人的邀请，泼墨挥毫写了一幅对联：

衮州、荆州、益州，一生事来千秋相
隆中、汉中、关中，半业功名五丈原

前面的诗，是对诸葛亮的凭吊和感叹。后面的联，是对诸葛亮的总结，诸葛亮二十七岁出山，五十四岁死，所以说他是半世功名，而他毕生事业都是想辅佐蜀汉政权，完成统一中国的大业，从这一点上说，他就是一位了不起的“千秋相”。

我想，中国人对关羽与诸葛亮的肯定，实际上是对“义”与“忠”这两种传统美德的肯定。关羽之义，诸葛亮之忠，都是国人感情上的依附与寄托。这两人的功过是非，从历史角度评价与道德角度评价，存有很大的差异。历史中的真人与被纪念的神人，也有极大的不同。在历史中，三国时期最伟大的政治家，应该是曹操，无论是对诸侯割据局面的控制还是在选用人才上，甚至在文学词章中，他都有着卓越的建树。但在民间的道德记忆中，他却成了“奸雄”的代名词。所以，后人便没有兴趣去纪念他。大凡以天下为己任的人，总是把事功放在第一位。为了完成自己的理想，甚至不择手段，这样，道德上便难免有欠缺。这样的人，在一个同情弱者、道德至上的品鉴系统中，便不会占到任何便宜。

类似于以上的这些令人深思的文化现象，在我的三国主题旅游中，经常会碰到。一个人一旦进入了历史的误区，如果不慎之又慎，他一定会迷不知终其所止。

2008 年 4 月 17 日匆草

雨果式的忧患

一

拙著《张居正》出版后，获得过一些好评。许多同道称赞我小说的成功，得益于旧学功底。古典文学，无论小说散文，还是诗词歌赋，对于我来讲，都属“童子功”，在这一点上我还有些自信。但是，就其小说的结构，也就是说讲故事的方式而言，尽管我使用了章回小说体，我仍要说《张居正》受到外国小说的影响颇大。有一次，我与《张居正》的责任编辑、长江文艺出版社社长周百义先生论及此事，我说在写作《张居正》的过程中，对我影响最大的作家是法国的雨果。他笑着回答说：“你如今成功了，怎么说都可以。”言下之意，他不相信。我告诉他，雨果对我的影响是漫长的。

三十年前，我在县文化馆工作。那时，县文化馆与图书馆没有分家，全县藏书最为丰富的，就是该县文化馆的图书室了。但这些藏书，因为牵扯到封、资、修，十之八九都不向读者开放，被束之高阁，积满尘垢。我因占了馆员职位之便宜，更因为馆长理解我的求知欲，便给了我一把书库的钥匙。每天一大早，我开门进库，带一瓶水，一个馒头（中间夹二分钱的咸菜）权充午餐，在书库里一泡一整天。

拿今天的眼光看，这小书库的藏书，可能还没有我个人的藏书多，但在当时，我像阿里巴巴找到了藏宝的山洞。大约有两年时间，我独占了这间光线昏暗、蛛网蒙窗的书屋。

屋内的十几架书，中国古典文学居多，而外国文学，大约有两三架吧，虽然不多，但都是经典。在那两三年里，我读了如下作品：陀斯妥也夫斯基的《罪与罚》，屠格涅夫的《猎人笔记》，果戈理的《死魂灵》，托尔斯泰的《战争与和平》、《安娜·卡列尼娜》，小托尔斯泰的《苦难的历程》，大仲马的《基督山伯爵》、《三个火枪手》，小仲马的《茶花女》，海明威的《老人与海》，狄更斯的《双城记》，肖霍洛夫的《静静的顿河》，乔万尼奥尼的《斯巴达克斯》，显克微支的《十字军骑士》，等等。除以上所述，书屋里所藏的巴尔扎克与雨果这两位法国作家的作品最多，几乎他们作品中所有的中译本都胪列其中，而且，我也全部读完。

当然，除了小说外，还有戏剧与诗歌、散文，像荷马、但丁、莎士比亚、雪莱、拜伦、普希金、莱蒙托夫、济慈、裴多菲、波特莱尔与聂鲁达，等等，我亦通读，这些耀眼的星座，亦曾照亮我文学的星空，但因我这篇文章以谈小说为主，所以，暂时不能顾及他们。

二

今年十月，我曾应中国海洋大学之邀，去青岛参加一次由科学家与作家组成的人文与科技的对话。在会上，有一位久负盛名的海洋物理学家、中国科学院院士刘先生直言不讳地说，他非常喜欢金庸的作品，他已把《金庸全集》通读了三遍，现正在读第四遍。

一个作家的全集，而不是某一部作品能够被人通读四遍，这个作家没有理由不自豪。对金庸的作品，文学界同仁褒贬不一，但在世界范围内的华人社会中，金庸的武侠小说享有盛誉并经久不衰，这是不争的事实。

谈外国小说，忽然说起金庸来，似乎跑题了，其实并没有。我是由金庸想起了法国的大仲马，我记得第一次读他的代表作《基督山伯爵》，是在一九七五年的夏天。我不记得是怎样翻出这本书来的，加之我身处偏僻的山区县城，又非书香门第，所以也完全不知道大仲马何许人也，但当我拿起四本一套的《基督山伯爵》的第一本，读完第一章后，我就完全放不下手了。一天很快就过去了，书库里是不准开电灯的。为了防范，甚至连电线也剪掉了。但我还只是看了第一本的大半。眼看天黑，我心急如猫抓，馆长早就与我约法三章：我可以躲进书库看书，但决不能把任何一本书携出门外。但书中曲折多变的情节深深抓住我的心，如果放下书本等到第二天再接着读，那天晚上我肯定会彻夜失眠。于是，我走出书屋硬着头皮找馆长，希望他允许我把《基督山伯爵》带回寝室里挑灯夜读，馆长一口回绝。我于是又提出折衷方案，能否让我夜里待在书屋，他说书屋不准开电灯，我说想好了，我去借一把手电筒，买两节新电池。馆长终于答应，为了防盗，也为了掩人耳目，馆长把我送进书屋后，就在外面把门反锁了。

斯时正值盛夏，窗户紧闭的书屋闷热如蒸笼，我进去不到五分钟就全身湿透。更有数不清的蚊虫永无休止地向我偷袭叮咬，但因为我急于想知道基督山伯爵的复仇结果，我已经对闷热与叮咬没有感觉了，我揿亮手电筒，开始了愉悦的阅读。

我原本打算，读到某一处，也就是说某一个情节结束时，我就放下书本眯一觉。但我的这一计划落空。大仲马的小说，情节复杂多变，悬念迭起，不一口气读完，你就非常难受。大约天快亮时，我读完第二本，手电筒电池耗尽，我再也无法读下去，也无法眯一觉，我靠着书架，满脑子都是书中的人物与事件，并猜想在以后的篇章里，情节将如何发展……

多少年过去了，我还记得那个闷热的夏夜。此前，我也有过彻夜阅读的经历，那是我在农村当知识青年的时候。一个非常寒冷的冬夜，我在读线装本的《封神榜》。老实说，这本书是可以中途放下的，我之所以彻夜读它，乃是因为第二天我就要把这本书还给人家。这一夜的经历也很有趣，值得记述：那时乡村没有电灯，农民照明用梓油灯、松明灯、煤油灯三种。用煤油灯者，是人们羡慕的“贵族”，我拥有一盏煤油灯，所有的长夜便都温馨而幸福。那天读到半夜，没有了煤油，真正地油尽灯枯。我寻找解决的办法，发现了小半瓶菜油。我试着把菜油加一点到灯壶里，居然也能点亮灯捻，于是阅读又进行了下去。这一夜，《封神榜》是读完了，但其直接后果是，我半个月没有吃到一点油水。当时物资紧缺，农村中每人每月供应四两菜油，我拿来作为照明之用，就只能吃清水煮萝卜了。

两次彻底不眠的读书感受，就其本身的阅读快感而言，后者强于前者。

一部作品给人的阅读快感，因人而异。我想，《基督山伯爵》能让我手不释卷并产生如此之大的吸引力，一是因为在那万马齐喑的时代，整个民族都在文化沙漠上备受煎熬，我们无法读到纯粹的文学；二是因为大仲马不同于别的作家，他特别会讲故事。他的小说之所以引人入胜，在于见山不是山，见水不是水，在这一点上，金庸先生与大仲马庶几近之。

三

年轻时不但是生命的花季，亦是文学的花季。可以说，我读过的小说，五分之四都是在三十岁之前完成的。我从十二岁就开始读小说，二十岁之前，主要是阅读苏联及新中国的小说，二十岁至三十岁这十年，阅读了大量外国名著。

我的青年时代，内心充满渴望与向往，而世界则显得呆板而冷酷。在这种世界里生活是极不愉快的，它压制了你的许多骚动，也扭曲了你的许多人性。但也有一个好处，你无法在现实中找到诱惑，你的时间不会被咖啡屋、美国大片、网球场、QQ 与八卦新闻等奇异的小资文化分割成无法拼拢的碎片。那时节，你虽然不拥有完整的白天，但至少你拥有完整的夜晚。

大概从十五岁开始，我似乎将所有的夜晚都用在阅读上。古人云“书中自有黄金屋，书中自有颜如玉”，这是“万般皆下品，唯有读书高”的注脚。照此读书，便有极端的功利性。我当时读如此之多的外国小说，并没有任何功利性的想法，我只是觉得阅读是一件快乐的事情。

我个人的嗜好，喜欢情节生动曲折的小说，而冗长的心理描写和节奏缓慢的叙述，会令我昏昏欲睡。青少年时代，我都是在故乡度过的，由于娱乐生活的缺乏，鼓书艺人成为受人欢迎的职业。夏夜的禾场、冬夜的火塘边，都是鼓书艺人献技的地方，我听过他们绘声绘色讲述的《隋唐演义》、《说岳全传》、《粉桩楼》、《大八义》，等等，中国小说最早不叫小说，而称为话本。这话本，便是说书人的创作。而我故乡的人，管说书叫“讲传”。我不知道西方有没有“讲传”这个传统。但我知道，像《基督山伯爵》、《斯巴达克斯》、《十字军骑士》这一类小说，与中国的话本有异曲同工之妙。我之所以这样说，是因为我曾把这三部小说当作“传”讲给乡亲们听过。他们听得屏神静气，啧啧称奇。不止一次，乡亲们对我竖起大拇指赞道：“洋传也好听。”农民的表述总是很精确，外国小说被他们称之为“洋传”，雅而贴切。

至今，我写小说还保持了一个习惯，就是先把构思的情节讲给人听，如果听者被吸引，一再追问“下回如何分解”，则这情节是可行的，否则就要推倒重来。

电影与电视产生之后，给小说的传播增加了新的途径。这些年来，无论是西方的还是中国的小说名著，大部分都被改编成影视作品。小说再次成为了“话本”，不过说书人的角色有了改变——导演和演员复活了“话本”的内容。

一个奇怪的现象是，有的小说被影视公司一改再改，似乎永远葆有兴趣。而另外一些小说则无法改变纸质的命运，影视投资商碰都不肯碰它们一下，这是因为它们的叙事性太差，不具备“话本”的性质。

当然，我并不认为被影视公司老板看中的小说就一定是好小说，反之，不适宜改编影视剧的小说就是差的小说。对小说的理解，仁者见仁，智者见智。每位小说家都有权利根据自身的美学追求来写自己的小说。每位作家都有自己的读者群，有的作家读者群很大，有的则很小。有人认为，通俗作家的读者群大而经典作家的读者群小。我不大同意这个说法。经典与通俗的分别，不在于受众的多寡，而在于小说中的叙事方式。把小说当作一本哲学书来读，则是一件令人痛苦的事。但是通过小说的人物与情节让人悟到一点什么东西，则又另当别论了。

记得曾有人把金庸与鲁迅拿来作比较，并痛言如果金庸是文学大师，那鲁迅怎么办？此前，也有学者把大仲马与雨果拿来作比较，认为只要一读作品，两人的优劣便不言自明。这样的争论听多了，我便暗自庆幸，我年轻时幸亏不认识任何学问大师，否则，我恐怕终生都不会读到大仲马了。

我不排斥大仲马，同时，我也承认，雨果对我的影响更大。

四

读完一部小说，然后咀嚼它并理解它，是我二十八岁以后的事。三十岁那年，我从县文化馆调到省作家协会当专业作家。就在这一年，我认识了作家徐迟。

自一九七九年发表《哥德巴赫猜想》之后，徐老又为李四光、周培源、蔡希陶等著名科学家立传，从而在中国文坛掀起了“徐迟旋风”。记得第一次见面时，徐老对我并没有表现出特别的好感，我想，这大约是他并不欣赏我的成名作政治抒情诗《请举起森林一般的手，制止！》的缘故。徐迟是一个抒情而浪漫的人，同时是一个唯美主义者，在他看来，诗、音乐与绘画天生丽质，最具美文的表现形式。而我的那首诗剑拔弩张，是愤怒的产物。他不大喜欢愤怒出诗人的说法。后来，他为我的诗集《瘠地上的樱桃》写序言，干脆挑明了说“我历来不同意把诗变成匕首和大炮”。

徐迟与我产生谈话的兴趣，是从《楚辞》开始。第二次见他时，他在住院，床边放了一套线装的《楚辞》。他问我一个很怪的问题，“魂一夕而九逝”这句诗，这个九逝究竟是不是实指？也就是说，人有没有可能一个晚上灵魂九次出窍。我回答说，此处的九，是多的意思。同时，九亦是阳极，与之对称的六，是阴极，灵魂出窍应该是至阴的事，怎么反而用了一个阳极的数字呢？这个九，肯定不是实指。老实说，这个回答有狡辩的味道，因为我虽然很早就背诵过《楚辞》中的许多篇章，但对每句诗的细微之处，并没有像徐老这样探微索隐。但是，正是这次谈话，却确定了我与徐迟的师生关系，他开始定时约我谈话了，并对我说：“我要花五年的时间，把你改造一下。你现在虽然也在写作，写出的东西也能发表，但你不知道为何而写作，以及如何写作。”徐老的话很严厉，但年轻气盛的我，还是诚惶诚恐地接受了。这一来是因为他的盛名，二来通过两次谈话，他深厚的西方文学修养已深深地把我折服。他给我订了一个庞大的学习计划，主要是外国文学。他开了一个书单，大约有近百部西方名著。打头的第一部，就是《荷马史诗》。我告诉他，这书单中的许多书，我都已读过。他听了很不高兴，责问“你都读懂了吗？”他说着从书架上抽出已经发黄的旧版《荷马史诗》，翻出一段来要我看，是描写盾牌的，占了几个页码。徐老说：“人家荷马可以把一个简单的盾牌写出两百多行诗来，而且一点也不枯燥，这种想象力你有吗？没有你就要学习，研究人家的想象力是怎样产生的，而且能够在作品中恰当地表现出来。”这种责备对于我无啻于一记棒喝，并让我开始汗颜。原来，我读过那么多作品，只是“看”，而并没有“读”，也就是说，我只是作为一个读者来消遣，而没有以作家的眼光来研究。

从此，我在徐老面前再也不敢随便说话，而是严格按他的要求读书。从一九八二年至一九八六年，只要在武汉，我每星期必得两个半天到徐老家里，向他汇报读书心得，然后听取他的指教。比之第一次躲在英山县文化馆的书库里读书的那两年，这第二次读书的五年，我倒真是读懂了许多作家的作品。比如雨果，徐迟让我非常认真地将他的《悲惨世界》、《笑面人》与《巴黎圣母院》各读两遍，从故事发生的历史背景、情节的设置、人物命运的纠葛、场景的合理运用、对话与叙述、隐性的主题与显性的故事等都作了细致的分析与探讨。

一九八八年，在经过数年的学习后，我产生了强烈的创作小说的冲动，我把这个想法告诉徐老，他说“你可以试试”。花了半年的时间，我写出了第一部十六万字的长篇小说《酒色财气》，这本书尽管也出版了，但毫无影响，甚至我在给出版社看三校时，已自气馁，觉得没有出版的必要了。书还是印了出来，徐老看过后说：“你这书没有写好，已不是文学的修养问题，而是你的生活不够丰富，你仿效雨果，但你没有经历雨果的坎坷与磨难，因此，你也不具备雨果式的忧患。”

怎样才能获得雨果式的忧患呢？徐老从要我读书发展到要我读人。这一点倒真是难为了我，因为我知道，有些事情是可遇而不可求的。

但是，在那以后的岁月中，上苍眷顾，让我得以有机会尝到过雨果式的曲折人生，并得以在广阔的社会生活中读各式各样的人，分析研究这些人，并进而研究由这些人组成的社会。不知不觉地，雨果式的忧患成为我生命中不可或缺的一部分。我的《张居正》，便是在这样的情形下产生的。

最后这一番话，表面上看与读书无关，其实是相互关联的。如果没有从漫长的阅读中，使我的思想具有历史的沧桑感，分析和判断现实中的人和事，我就有可能发生谬误，而不能准确地把握这些人和事，分辨哪些可以变成文学，哪些则不能。

2004 年 12 月 18 日于济南

我的历史观

我最早的历史知识与历史观念，是在乡村鼓书艺人那里获得的。三四岁时，母亲就带着我去听鼓书。这都是半个世纪前的事情了。那时，听鼓书是山中小镇漫漫长夜里惟一的娱乐。鼓书艺人是山区最受欢迎的人物。我从他们惟妙惟肖的说唱中，不止一次地听了《隋唐演义》、《说岳全传》、《三国演义》等历史通俗话本。这是我的历史文学的启蒙阶段。后来，我走上历史小说创作的道路，得益于这童年的启蒙教育。完全可以说，童年培植的爱好，影响了我的一生。

上小学时，我就喜欢阅读小说，上世纪五六十年代出版的长篇小说，我几乎全部读过，许多小说都让我如醉如痴。但最让我产生阅读震撼的，是姚雪垠先生创作的长篇历史小说《李自成》第一卷。若干年后，当我成为专业作家并有幸与姚老在一个单位时，我除了向他表示我初读《李自成》的感觉，还对他说："我也准备写一部历史小说。"姚老听了点点头说："写好一部历史小说，要有扎实的学养作支撑。"

及至我着手创作长篇历史小说《张居正》时，才理解了姚老这句话的含义。所谓学养，对应于历史，即史识、史鉴、史胆诸因素的综合。说得严格一点，一个好的历史小说家，首先应该是一位称职的历史学者，这就是历史小说与当代题材小说创作的最大不同点。

如果说对历史事件的研究及考证是一件细致的工作，需要作者有着甘于寂寞坐冷板凳的耐心，那么，对历史事件与人物的恰当定位及评判，则更需要作者的智慧和阅历。从研究中发现，在故纸堆中开掘，既要有大视野，也要有纵深感。

长期浸淫于历史，我注意到中国历史呈现出两个特点：一是悠久，二是多民族的融合。

历史悠久，便产生丰富性，但亦容易产生歧义，漫漶处易被忽略；多民族的融合，产生了多样性，但异质的文化常遭排斥。我在进行第二部历史小说的创作准备时，便遇到这样的问题。我研究北宋末年的"靖康之变"，即北宋的徽宗、钦宗被金兵掳走这段历史。由于赵宋南渡，造成中国南北对峙一百多年，国土分裂。中国的政权一向以汉人为中心，因此汉文化被视为中华文化的主体。既然汉族的皇帝被金兵掳走，那么抗金便成为南宋的第一战略。此情之下，岳飞便成为家喻户晓的民族英雄。这种观点影响了一代又一代的中国人。我个人认为，南宋与大金是在中国土地上曾经同时存在的两个政权，他们都是中国历史不可分割的一部分，我们评判这两个政权的优劣是应该的，也是必需的，但不应以民族的不同来判断其好坏。事实上，中国历史上的各个民族之间的爱恨情仇，恰恰展现了中国历史的丰富性与多样性，也生动地展现了各个民族对中华文化的形成与发展作出的独特贡献。

在十几年的历史文学创作的过程中，同时在更长的研究历史的时间里，我逐步形成了自己的指导文学创作的历史观。主要是三点：一、永远选择历史上健康的、积极的一面，作为我文学的素材；二、始终提醒自己，不可戏说历史，更不可将历史人物漫画化或者脸谱化；三、要从历史的宝库中开掘时代精神，为读者提供思考的空间，但不可借古讽今，作不负责任的比附与调侃。

在创作《张居正》这部小说时，以上三点我始终牢记。有些细微之处很难区分，但必须把握。所谓形神兼备，形即史识，神即史智。两者结合得好，小说才会既好看，又耐看。反之，小说不是流于通俗，就是接近史著。五年前，我接受一位记者采访，她问我："你是诗人出身，为何转行写历史小说呢？"我回答："我喜欢历史，又喜欢诗，历史小说正好是历史与诗歌的结合。作家的理想就是写出史诗性的作品。"此虽仓促应答，却是我写历史小说的初衷。

2009 年 4 月 20 日

盛世的呼唤

九月五日，接获有关方面通知，让我进京参加两天后的“全国五个一工程奖”颁奖晚会。这是拙著《张居正》在获得茅盾文学奖之后，获得的又一殊荣。

颁奖当日，又接《文艺报》熊元义兄电话，希望我写几百字的获奖感言。说实话，这感言不大好写，因为在获颁茅盾文学奖的时候，我即兴发表了一个简单的答谢辞：

有记者问我，为什么要写《张居正》，我告诉他，我愿意选取历史上那些积极的、健康的一面，来重塑民族的史诗。过去是这样，将来仍会一如既往地坚持。

当时就有人笑言，你这是全世界最短的答谢辞了。我个人认为，它虽短，但却是我当时最想说的话。

这次应《文艺报》之邀，再发表一次感想，因不是当场发言，故思路调适，说得稍长一点：

一个伟大的民族，必然有着与之相配的伟大的文化。而文化的伟大在于它的竞争力、凝聚力和亲和力。凝聚力指向的是族群，而亲和力则是对心灵的吸引。今天，我们谈到经济繁荣，须知创造经济繁荣并不是一件太难的事。难的是保持经济繁荣，它首先应该有一个强有力的文化的支撑。政治与经济的竞争力，说到底，是来自于一个民族的文化竞争力。

文学作为文化的一部分，它参与了中华民族灿烂的建设与发展。在有的时候，它是精神的坐标，譬如魏晋；在有的时候，它是民族的风范，譬如唐朝。我坚信，文学不但在过去，即便在现在，甚或在将来，它都应该是中华民族的维他命，是不可缺少的生命的营养。

作为一名作家，所有的忧患与焦虑，兴奋与冲动，都只能落到一个实处，即创造出更多的既丰富、又品质优良的维他命，奉献给我们的时代和人民。

既是感言，当然就应该说自己最为真切的感受和最想表达的思想。近年来，“文化复兴”这个口号一直在激励国人。作为一名作家，应责无旁贷地承担起这一任务，这并不是放大自己，而是明确自己的方向，增强自己的忧患。

长城作为中国的象征，已成为人类历史中独一无二的标志。那么，我们当今的文化标志是什么呢？我想，从文学而言，应该是一批卓有影响的作家、诗人。没有李白、杜甫，盛唐岂不是一句空话？没有苏东坡与王安石，北宋早期的雄健亦找不到归宿。考诸历史，所有的大作家都是时代的产物。一个思想的时代会产生震烁千古的思想家，一个文学的时代会产生垂范后世的大文学家，而一个娱乐的时代，会相应地产生一批歌星与影星。时代在选择自己的文化方向，作为一名作家，既要顺应时代，也要有开风气之先的勇气，站稳脚跟，保持清醒，写出无愧于时代的伟大作品。

2007 年 9 月 9 日上午

坐冷板凳

一

一九九二年的春天，邓小平同志视察南方并发表一系列讲话，一时间吸引了全世界的注意力。当那一篇“东风吹来满眼春”的文章，重新让国人振奋。处于休眠期的改革又重新启动的时候，我当时就有一种感觉：我们的改革将会有一个新的突破。这个突破将是我们国家改革进程的一个拐点。在这场重新启动的改革中，有哪些是值得我们思考的问题呢？历史中的改革究竟是螺旋式的上升呢，还是惊人的重复？当时，我已经办了停薪留职手续下海经商。在奔波之余，就思考这些问题。那一时期，我读了不少的历史书。明代万历年间的首辅引起了我的注意，他领导的万历新政是一场经济改革。他既是这场改革的倡导者，也是推行者。所以他既是设计师，也是工程师。万历新政的成功与夭折，聚焦到张居正这个特定人物上，其悲剧的意义非常重大。于是我就带着我对今天社会的责任感，带着我对历史的思考，开始准备写《张居正》这部小说。从一九九二年到一九九七年，我准备了五年多时间。期间一边经商，一边研究明史，特别是嘉靖、隆庆、万历之朝的断代史。到一九九七年的国庆节，我和商界的朋友们在厦门度假，打了三天的高尔夫球。到收假的时候，我告诉他们，我从九八年元月一号起，向你们请假。他们说你干什么？我说我要回到书斋去写作。他们没有一个人相信，他们说你写什么？我说我要回去写张居正。他们说张居正是谁啊？我给他们讲了张居正的经历。他们听完后摇着头说更不能写，为什么呢？第一，张居正没有名气，连我们都不知道，老百姓更不知道。你这不是自讨苦吃吗？第二，唐浩明先生的《曾国藩》，二月河先生的《雍正王朝》，都在读者中产生了巨大的影响，你超得过他们吗？

他们当时这样说的时候，引发了我内心的凄凉。张居正这么一位优秀的改革家，居然连这些博士、硕士、亿万富翁都不知道。这难道是张居正错了吗？不是，是我们的时代错了。如果一个民族，对自己的列宗列祖，对自己的先贤都这么快地遗忘，不铭记他们，这就预示着我们的改革还会夭折。我始终认为，亡国首先亡文化。有一种事实不可否认，“五四运动”虽然引进了西方的德先生和赛先生，在启迪新思想上功不可没，但其负面的影响是造成了传统文化的断裂。一九六六年开始的文化大革命，更是一场文化的大浩劫。不但传统文化，连“五四运动”以来引进的西方文化，统统被当成“封、资、修”的东西而遭到无情的批判。由于这一连串的错误，导致上世纪中叶以后出生的人，特别是像我这样五十年代出生的人，几乎丧失了文化的身份。既不懂得传统的“温、良、恭、俭、让”，也不懂“仁、义、礼、智、信”，对西方的科学与民主、自由与博爱，也是一知半解，懂个皮毛都算不上。文化的真空造成了群氓的出现，那些认为自己是从石头缝里蹦出来的人，才表现得无法无天，没有敬畏感，不知道什么叫尊严，什么叫感恩。我到过欧洲和美洲，亲眼目睹那里的人民，几乎到处都是“谦谦君子”。有一次我深有感触地说，在欧洲，我看到的出租车司机，个个都像教授。在中国，我见到有些教授，粗俗得如同出租车司机。我这么说并没有贬低出租车司机，他们的工作性质，决定了他们的行为举止可以不必像教授那样优雅。但是，教授的粗俗却是不可原谅的。因为他为人师表，必须有教养，有儒雅之风。遗憾的是我们为数不少的教授没有受过传统文化的熏陶，不要说四书五经，连脍炙人口的唐诗宋词都背不来几首，结果导致人文精神的劣质化。

改革开放这二十多年来，出现了一大批富人和名人，但他们几乎都没有受过严格的人文训练。由于这样一些人进入到当今中国的上流社会，便不可避免地导致了上流社会的恶俗化。既没有敬畏，也不懂感恩。我认为，老百姓可以不懂历史，但上流社会的人一定要懂一点历史。梁启超曾赞扬张居正是中国古代六大政治家之一。可是我们的富人和名人，竟然有许多不知道张居正是谁，这难道正常吗？因此我在一篇创作谈中讲到，一个作家应该用他手中的笔，来帮助民族恢复记忆。我就凭着这么一股劲儿，告别了商海，回到书斋中坐我的冷板凳。我的朋友知道无法劝回我，就问了一句话：“写作很苦，你过惯了商人的生活，重新回到古卷青灯的书房，受得了吗？”我说是啊，洛阳虽好不如家。文学是我的家，再寂寞，再艰难，我觉得充实，因为我守住了自己的本真。

一九九八年元旦之后，当我辞别拼搏了近七年的商海，重新回到小小书斋的时候，真的有一种回乡的感觉。“白日放歌须纵酒，青春作伴好还乡”。把我疲劳的人生卸下来，把扭曲的感情恢复过来，我又重新当起了文人，这种感觉真好。但我还只是回到文学，还不是回到文坛。在写作《张居正》的那五年时间里，我几乎跟文坛没有多少交往。我歌我哭，我爱我恨，统统都从我的内心迸发出来，我不用去看任何人的脸色。我不用“待晓堂前拜舅姑”，一切的掩饰都抛弃了，一切的矫揉造作都不用了，我只需要面对我的责任。

二

从一九九八年到二〇〇二年，我用了近五年的时间写完了四卷本的《张居正》，共一百五十万字。这部书出来以后，能够引起那么多读者的喜爱，我想最主要的原因，是因为我是用心灵在写作，我没有考虑到任何的社会的功利因素，没有考虑文坛的潜规则；我也不去想到别人会怎么看你，怎么评论你，自己能不能成功，等等，这一切我都不去想它。我觉得文学就应该是一个寂寞的劳动。

获奖以后，有记者问我：“你觉得文学的最高境界是什么？”我说就是在自己心中放一条冷板凳，每天在那条冷板凳上坐一坐，不要为功名所累，不要让世俗牵着鼻子走，这一条非常重要。在我文学的生涯中，有一种情感几乎是与生俱来，那就是忧患。郭沫若先生在成都的杜甫草堂里面写了一副对联，“世上疮痍，诗中圣哲；民间疾苦，笔底波澜”，我觉得这是一个作家文学生涯的生动写照。居安思危是文学家与生俱来的品质。任何时候，一个作家可以快乐，也可以忧伤，但千万不可游戏人生。当然，也不可游戏文学。二〇〇五年四月十一日，第六届茅盾文学奖公布后五分钟，新浪网的记者就打电话问我："你此刻需要和广大的读者说点什么？"我说此刻我只想说一句话："你尊重了文学，文学就会尊重你。"当年六月，在茅盾先生的故乡浙江乌镇，举行了第六届茅盾文学奖颁奖典礼。当我走上领奖台，从中国作协党组书记金炳华先生手上拿到奖牌时，我发表了一个简短的答谢辞。我说了这么几句话："任何时候，我都愿意选取历史中健康的、积极的一面，来重塑我们民族的灵魂。过去，我是这样做的，今后，我将一如既然往地坚持。"这是我经过深思熟虑的思考。因为一个作家如果仅仅只是简单地把忧患变成愤怒，变成一种哀怨，那么他的作品可能误导读者。

现在，伟大的民族复兴运动即将开始，作为一名作家，我只能用手中的笔来参与这一场伟大的变革。这里面，牵涉到一个作家的出发点，你是建设这个时代还是毁灭这个时代？你是诅咒这个时代还是改变这个时代？在这两者之间取舍，起作用的是作家的社会责任感。我觉得一个人永远不能选择时代，这个跟到菜场买菜不一样，你可以选择，是买萝卜还是买白菜。但是生活的时代你没有办法选择，你说你现在要去唐代生活，你去得了吗？你说你现在要推行美国的生活方式，有这个可能吗？一个人没有办法选择自己的民族，也没有办法选择自己的时代，但是，他有权力选择在这个时代里思考的方式，在这个民族里生活、工作的方式。我通过反复的选择，最终我还是愿意当一名作家。一个负责任的作家，应该同我们的政治家、企业家、科学家一道，担负起重铸民族辉煌的重任。

中国工农红军长征胜利七十周年时，我随同几位作家到了江西瑞金，在那里我看到了七十多年前的一批热血青年、仁人志士，自觉地担负起拯救国家危亡的重任。他们的历史使命完成了，留给我们的任务是振兴我们的民族。这是一项艰巨而快乐的任务，值得我们终生奋斗。既然定下了这个方向，我们就不能当一个旁观者、自暴自弃者，而应该永远保持一种旺盛的精神，忧患的意识。我的起点是忧患，终点是文学。

2009 年冬

悼碧野老

早晨，接到朋友电话，告之碧野先生于黎明时去世。听到这个消息，心下一片怅然。

我从童年时起就喜欢文学，少年时便开始阅读大量的文学作品。新中国成立后至“文革”前那十七年间出版的文学作品，我基本上都读过。那期间的散文集，在我脑海中印象最深刻的有三部：一是秦牧的《花城》，二是杨朔的《荔枝蜜》，三是碧野的《情满青山》。单篇散文中，刘白羽的《长江三日》与碧野的《天山景物记》我也曾反复阅读。碧野先生的散文，类似于音乐中的小夜曲，有一种空濛甜柔之美。对生活的憧憬，对自然的亲近，特别适合中学生阅读。

第一次见到碧野先生的时候，是一九八〇年，在省文联举行的一个小型的创作座谈会上，会议由时任文联党组书记的骆文主持，参加者有徐迟、碧野、程云、辛雷、曾卓、蔡明川、鄢国培、洪洋、祖慰等作家。二十八年过去，前面的八位都已作古，后面的两位也都年过七十。我是最年轻的一个，也五十多岁了。

那次座谈会具体谈了什么，已不大记得清了，只记得会议结束后吃饭的时候，几位老作家回忆“文革”中挨斗以及干校生活，互相开起了玩笑。骆文先生指着碧野说：“别看碧野这么胖，每次上台挨斗，他总是第一个弯腰，而且弯到九十度，红卫兵本来想给他坐喷气式，一看他主动，就算了。徐迟总是慢半拍，来不及低头，便让红卫兵把头摁了下去，下手很重，痛得徐迟直作怪相。”碧野也数落徐迟：“老徐总是不接受教训，改不了诗人气质。一到干校，照顾他放牛，他便跑到镇子上买了一根竹笛，每次把牛牵到河滩上，他就趴到牛背上，掏出笛子来吹，除了怪响，我从来没有听出调子来。牧童吹笛，老徐这牧童是不合格的。”

作为晚辈，听到这些老作家的相互调侃和谈笑，我内心充满敬意。文革对于他们来讲，是一段受尽折磨与侮辱的回忆，但他们咽下痛苦，吐出来的却是欢乐；岁月可以消磨他们的青春，但消磨不了的却是他们的责任与忧患。

我一九八二年调到省里来当专业作家，只有二十八岁。当时省文联与作协尚未分家，专业作家归文联管理。我来之前，像吴奚如、安危、辛雷这样的老作家已经退休，姚雪垠、骆文、吉学沛等作家都在领导岗位上，占作家名额的只有徐迟、碧野、洪洋、蔡明川、鄢国培、祖慰六个人，我是第七个。那时的专业作家不像现在，很少开会，缺乏沟通与交流。每年春节之后，都会召开一次专业作家会议，除了作家，还有文联领导，大家一起开神仙会，谈自己如何读书，如何理解国家形势，下一步有什么创作打算。会议一开就是三天。大家虽然都住在武汉。但开会期间没有一个人回家，无论官职大小、身份高低，都一律住在酒店里，白天开会，晚上神聊。正是这样的一些会议，老作家坐而论道，我侧身其中，虚心聆听教益，现在回想起来，真是受益匪浅。

记得每次开会，骆文谈得最多的是如何尊重作家的创作，徐迟始终关注的是作家素养的提高，碧野说得最多的是社会责任感。记得第一次参加专业作家创作会议时，碧野曾对我说："小熊，你要珍惜呀，你这么年轻，就当上了专业作家，你今后的路很长，要多深入生活，写出更多更好的作品来。"

姚雪垠、徐迟、碧野被称为湖北文坛的三老。很有幸，在上世纪八十年代，我作为最年轻的专业作家，在三老的教诲与指导下进行学习和写作。有一次开会时，面对三老，我坐在会议室的一角，曾暗自想道："如果二十年后，我的诗能像徐老那样，散文像碧野那样，历史小说像姚老那样，这一辈子也不枉当了一回作家。"冒昧的我，还竟然敢把这想法向一直关心呵护我的骆老表白。骆老听罢，不但没有责备我，反而笑着说："有理想就好，接三老文学的班，你要努力。"

随着碧老的去世，关心呵护我的老作家基本上都走了，但我的理想并没有改变。我仍会师从三老，在文学上，走出一片新天地。碧老啊，在去天堂的路上，请你一路走好。

2008 年 5 月 30 日上午匆草

迟到的哀悼

知道江晓天老师去世的消息，是今年的暮春，他已走了半年了。由于我平时既不看报，又从不主动与文坛联络，故消息闭塞。不过，这一回我倒是深深地自责了。先生离去，我竟未能亲到灵前致祭，以至留下了无法弥补的哀伤。

我与晓天老师相识于二十世纪八十年代初北京的一次文艺座谈会上。我的恩师骆文同志介绍我与他认识，一听说他是《红旗谱》、《红日》、《红岩》、《创业史》、《李自成》等长篇小说的责任编辑，顿时肃然起敬。这些小说影响了包括我在内的一代人，它们都是我少年时代的最好读物，正因为读了它们，我的文学梦才开始萌动。可以说，上面这些小说，每一部都是新中国文学史上的经典名著。一个人能够编辑这么多的名著，或者说，一个小说编辑能够与这么多的经典作家结为好友，真是“集万千宠爱于一身”，这不能不说是一个奇迹。

晓天老师与骆文是至交，我有幸几次陪骆文赴晓天老师的家宴，李茹阿姨的菜做得很好。席间，晓天老师凭着三杯两杯的浓酒，纵论文坛，点评时事，似乎有说不完的话。接触多了，我才发现，晓天老师虽然干瘦如一支蜡烛，但内心激情澎湃，且待人真挚友善。我这才明白，正是他的性格与人品，使他获得了那么多大作家的信任。

晓天老师称我为小友。在二十世纪九十年代，我与他交往渐稀。这原因是因为我曾有一段时间告别了文坛。自一九九三年开始，我一面经商，一面研究明史，为创作长篇历史小说《张居正》作准备。那段时间，为了适应全新的生活，我惟其离文坛不远，但到动笔写作《张居正》的时候，我几乎摒弃了一切应酬。所以，很多朋友若干年后见到我，都会问一句："你怎么突然失踪了？"

一九九九年，《张居正》的第一卷《木兰歌》问世。我带着新书来到北京，第一个拜访的便是晓天老师。向他说明了我这十几年的经历后，他不但没有责怪我，反而激赏我作了正确的选择，特别是看到我的新书后，他一下子提起了精气神儿，说："你们湖北有写历史小说的传统，姚雪垠的《李自成》，是历史小说的经典。"我说："姚老的写作对我启示很大。"他说："姚老是学者型作家，经历又丰富，又舍得下功夫。你学习他，是正路。"不久，晓天老师读完《木兰歌》，他给我打电话说："我一口气读完你的这本书，感觉你出手不凡。"

晓天老师的鼓励使我信心大增。大约是二〇〇〇年春天，《文艺报》为《张居正·木兰歌》召开了一次研讨会。晓天老师在会上作了一个题为《一部匠心独运的历史小说》的发言。结尾，他作了如下概述：

召政的这部小说，在当代历史小说创作上，有这么几点可以说是独到的创新：一、打破以时间推进为主线的叙事方法，选择各种矛盾最为尖锐、交织在一起的聚集点切入，纵横展开。《木兰歌》从隆庆六年初春到盛夏九个月时间内，一代王朝更迭，展开来写朱元璋开国以来二百年间的史制沿革；二、对丰富多样的历史知识典故，不用静止的回叙或穿插解说的手法，而是有机地化入表现人物性格的情节、细节描写之中，从而避免枯燥、单调、乏味，写得鲜活、流畅；三、不把下部的伏笔和悬念留在结尾，而是放到中间各章节中，这样更耐人寻味，又使全书的结构更加独立完整。

作为久负盛名的编辑家，晓天老师的话具有很大的影响力。《张居正》这部书首先引起京城一些文学评论家的关注，晓天老师起到了重要的作用。

近几年，因为我进行第二部小说的创作准备，很少到京城，亦效仿当年创作《张居正》时的生活状态，少与文坛接触。与晓天老师的交往，秉承一贯的“君子之交淡如水”的宗旨，平时少通音问，却不知其间隔了一个大限。现在回想起来，甚为愧疚。补写这篇短文，算是迟到的哀悼吧。

2009 年 7 月 16 日匆草

祭骆文

骆老，你走了，你走得这样匆忙。我不相信，十月份的日历中，竟埋藏了这样一个令我心碎的日子。再也见不到了，你的音容，你的笑貌，东湖边的小路上，你踽踽前行的身影，寂静的书房里，你的彩笔发出的耀眼寒芒。骆老，你走了，你匆匆地走了。满山的红叶，可是你留给人间最后的礼赞；满树的桂花，可是你生命散发的最后的芳香。

呜呼，当此日，天若有情，日云飞作挽幛；人若有情，能不痛断肝肠。骆老啊骆老，追思你的一生，有谁能不仰慕你的战士品格，云水襟抱！在抗战的硝烟中，你远度关山，冲破艰难险阻，奔赴延安，在黄河的岸边磨剑，在宝塔山上放歌。将个人的生死完全托负于民族的存亡。尔后，你又风餐露宿，将建立新中国的美好愿望，携到山海关外，在枪林弹雨中，你用挟雷带电的诗句，来迎接黎明的曙光。当乾坤扭转，社稷重光，你来到白云黄鹤之地，来到了伟大诗人屈原的故乡。过去，你戎马倥偬，以枪为笔；现在，你执掌文坛，以笔为枪。建设文艺，你呕心沥血；拥抱新纪元，你纵情歌唱。五十多年过去，这长长的、长长的岁月啊，你既有大欢乐，也有大悲痛；既有大愤怒，也有大惆怅，但任凭世事如棋，风雨沧桑，你从不改变对生活的信念，对人民的钟爱，以及你始终坚持的理想。

骆老啊骆老，回忆你的生平，我们怎能不盛赞你的操守，你的高尚。为官，你清正廉洁，言直行方；为人，你谦虚冲和，无欲为则；为文，你六艺皆通，大家气象。你奖掖后进，犹如雕琢璞玉的神匠；你栽培桃李，如今已化作满眼的芬芳。你不求富贵，只求充实；你嫉恶如仇，洁身自好！八十八年生涯，一重一重岁月，一篇一篇锦绣的文章。锦绣的文章啊，又谁知，就在今日，竟成人间的绝响。

骆老啊骆老，今日祭你，我心悲伤，漫漫长夜，寂寂空堂。幽明永隔，泪寄于觞。为你的光辉品格，我歌我哭；为你的遽然而逝，我哀思如江，哀思如江啊，浩浩荡荡！

2003 年 10 月 11 日

回忆骆老

不知不觉，骆老离开我们已经十年了。在这十年里，虽然我们没有经常提起他，但从来没有忘记他。

我认识他是一九七六年的春天。我那时在英山文化馆工作，因一部故事集的修改，被当时的湖北人民出版社文艺组安排来武汉改稿，住在位于汉口新华路的出版社的小招待所里。那时，湖北新闻出版局与湖北人民出版社是一个单位两块牌子。现在的各类专业出版社那时都没有，只是出版社下面设的一个组，如文艺组、儿童组、美术组等。文艺组即是现在的长江文艺出版社。一天，改稿之余，我蹓跶到文艺组办公室，正与编辑们闲谈，忽然，一位身材偏瘦精神矍铄的老人走了进来，屋内的编辑几乎都站了起来，恭敬地喊着“骆文同志”。也许骆文同志发现了我这位陌生的年轻人，笑吟吟地朝我点了点头，责任编辑于是向他介绍了我。他主动伸出手来与我握手，说了几句鼓励的话。待他走后，责任编辑向我介绍，骆文同志是诗人、老革命、文革前是省文联主席，文革中成了“走资派”，批斗后住进牛棚，在“五七干校”回来后，重新安排工作，当了省新闻出版局的副局长。

这次邂逅，骆老的热情与谦和给我留下了深刻的印象。那时，“四人帮”尚未粉碎，文化大革命也没有结束，文艺的春天也远远没有到来。但是，一个来自偏僻山区的文艺青年，仍然从骆老睿智的眼神与儒雅的气质中感受到了文学的魅力。

自那以后，与骆老渐有交往，并通过他认识了他的相敬如宾相濡以沫的老伴王淑耘同志。两人都是从敌统区历尽千难万险奔赴延安的文艺青年，都亲耳聆听过毛主席在延安文艺座谈会上的讲话。应该说，遇到他们，并从此得到他们的培养与信任，是我一辈子最为重要的事情之一。

一九七九年的秋天，我针对故乡在十年浩劫中发生的种种极左现象，写了一首政治抒情诗《致苏区人民》，寄给了《长江文艺》编辑部。其时，乘着党的十一届三中全会的东风，中国的大地上，正鼓荡起思想大解放的热浪。但是，在这乍暖还寒的时节，一方面，《实践是检验真理的唯一标准》的讨论如火如荼地展开，另一方面，“两个凡是”的极左思潮在党内与社会上仍有极大的影响力。在这种形势下，这首诗能否发表在编辑部有不同意见。尽管当时主管诗歌的编辑部副主任欣秋与诗歌编辑刘益善对这首诗都给予了极大肯定，但在他们的层面上仍决定不了能否发表。当他们将这首诗送到时任省文联党组书记骆文同志以及时任省文联党组成员、副主席并兼任《长江文艺》主编王淑耘同志面前时，这一对德高望重的夫妻对这首诗给予了极高的肯定，不但迅速决定在一九八〇年元月号《长江文艺》上头条发表，骆文还将诗名改为《请举起森林一般的手，制止！》

不曾料到的是，这首诗发表后，在全国引起了巨大的反响，赞誉与批判都很强烈。虽然，许许多多的老百姓和普通读者给予了肯定和支持，但也有一些位高权重的人提出了严厉的批判。此情之下，骆文与淑耘同志又顶住压力作出决定：在《长江文艺》开辟专栏，以《诗的光荣》为题开展专题讨论，这个专栏开了四期，发表了二十余篇文章。与此同时，《人民日报》、《光明日报》、《中国青年报》等全国上百家报刊都转载或刊发这首诗的评论。第二年，这首诗获得“全国首届中青年优秀新诗奖”，而这首诗的评论文章汇聚成册，有三十余万字之多。

作为领导与良师，骆文与淑耘夫妇两位长者，的确有太多值得我回忆的地方，但限于篇幅，这里只讲我们如何相识以及《请举起森林一般的手，制止！》一诗发表前后情况。这首诗让我步入文坛，获得荣誉。更重要的是这首诗还形成了我一生的创作方向，即贴近时代，保持忧患，写大块文章，不作呻吟语。只要路选对了，我们就不会虚度年华，浪掷生命。因此我要感谢骆老，帮我选择了正确的文学道路。

2013 年 10 月 2 日于廊坊新绎贵宾楼

纪念徐迟的意义

今年是徐迟诞辰一百周年，不知不觉，他离开我们已经十八年了。记得他走的那一年春天，还诙谐地说“我年届八二，倒过来说，我是二八佳人。”他是一个想象力丰富且又诗人气很浓的作家。我们经常说艺术人生，真正能做到这一点的却没有几个人，但这个词可以当之无愧地用在徐迟身上。

徐迟是我的恩师，在他去世的第二年，我写了一篇两万多字的文章《徐迟周年祭》，发表在他的故乡浙江的《江南》杂志上，讲述了他对文学的执着以及对我的栽培，虽不详尽，但脉络大致可观。随着岁月的推移，世事白云苍狗般的变化，自己阅历的增加，对徐迟的认识，我又有了一些不同的看法。

首先是徐迟对文学的执着，对文学他有着宗教般的虔诚。写作《哥德巴赫猜想》这篇报告文学时，他已经六十四岁，前后短短六年间，他创作出多篇蜚声文坛的报告文学。他的这批作品，成为中国报告文学的里程碑，也成为邓小平改革初期的华彩篇章。我认识他并被他收为门生时，他已经六十六岁，我当时尚不满三十岁。他在与我长谈数次之后对我说：“我已定好时间，后天到你老家看一看。”我既惊喜，又惶惑。当我陪他在我老家住了三天，看了看我在县城的家、工作过的文化馆，以及下乡插队的村庄，回到武汉后他对我说：“到了你的老家，我大致知道了你的成长和学习环境，从现在开始，花五年时间，我得把你扭一扭。”我当时明白，“扭一扭”就是要改造我的意思，但究竟要怎样扭一扭，我却不得而知。不几天，他给我开了一长串书单，几乎全是古今中外的经典，他指着书单上的荷马、但丁、屈原、曹雪芹这些名字说：“他们的作品不仅是名著，更是经典，你必须熟读所有的经典。”从此每个星期有两个半天，我要去他家汇报读书心得。有一次，他突然问我：“中国散文的最高峰在哪里？”我脑子里冒出很多作家，但怕回答错了就不敢说出来。他说：“在你们黄冈。”这一点题我就明白了，回答说：“应该是苏东坡的《赤壁赋》。”他说：“还要包括《后赤壁赋》。”接着又问：“这‘赤壁二赋’你能背诵吗？”我说：“能背《赤壁赋》。”他又问：“《赤壁赋》有多少字？”我语塞，因为我从来都没想过要数它的字数。徐迟看着我，说：“明天，我们去黄州赤壁。”第二天上午，他领着我来到黄冈的东坡赤壁，走进二赋堂，他指着雕板上的《赤壁赋》与《后赤壁赋》说：“你现在一个字一个字地数。”在回来路上，他说：“《赤壁赋》五百三十六字，真正是字字珠玑。苏东坡受道家思想影响甚重。第一，人住世间，要善于‘侣鱼虾而友麋鹿’，更不可没有‘挟飞仙以遨游，抱明月而长终’的襟怀；人行世间，要有‘苟非吾之所有，虽一毫而莫取’的慎独精神。”回到他家，我送他上楼时，他走进家门，又回过头来对我说：“诗与散文，能被称为经典者，就是一个字也改不动。能改动一个字的，可以称为名篇，但不能称为经典。你把

《昭明文选》与《古文观止》里面的文章试着改一改，看你改得动多少。当然，你现在认为能改的，不一定真的就能改，有的文章，我年轻时改过，老了以后再看，发觉我改得不对，又改回去了。”

徐迟这种执着的文学精神，对我的影响巨大。记得一九八五年，有领导找我谈话，想调我到北京某部门做一点行政工作，我不敢作主，第一时间向徐老报告，他听罢立刻就怒气冲冲，劈头盖脸斥责道：“我要给你一顶诗人的桂冠，他们要给你一顶乌纱帽，你自己看着办吧。”这一顿当头棒喝，让我汗流浃背。我与恩师相处十五年，真正遭到痛骂的就这一次，但这一次却让我终生受用。

上世纪九十年代初，受时代大潮的影响，我亦下海经商，这次徐老没有骂我，而是不理睬我，但不理睬比骂还让我难受。大约三年后，他终于理解我的选择并给予支持。又过几年，听说我要回到专业作家的岗位写作《张居正》，他在北京给我写了一封信。大致意思是说，如今文坛已成官场、名利场，你回来干什么？你要像现在这样背对文坛，拥抱文学。当他回到武汉后，我去他家看望，他苦笑着说：“赵公元帅成了佛祖了，成了上帝了，人人都顶礼膜拜。文坛已弄得不像样子了，刊物为了赚钱，都变得庸俗不堪。记得当年我跟你说的话吧？我问你是要桂冠还是要乌纱帽。现在，连文联、作协都衙门化了，到处都是乌纱帽，就是看不到好作品。你潜心研究张居正很好，要写他就要把这个人吃透。吃透了不一定就能将他写好，但没有吃透绝对写不好。要写好作品的前提，就是离文坛远一点，更远一点，坐到冷板凳上。”一席话犹如醍醐灌顶。

通过以上这几件小事，我们大致可以了解徐迟的崇高，以及不向世俗低头的勇气。近两年，我常常呼吁，重建中国的道统。这乃是因为，像徐迟这样的有气节、有风骨、有追求、有情操的文人太少了。以文人为主体的道统，讲求济世，讲求道义，讲求责任，也讲求慎独。可是这样的优良传统，在我们这一代文人身上，传承与弘扬的责任正在丧失。何为斯文扫地？就是责任与道义的丧失。有鉴于此，纪念徐迟的意义就在于道统的重建，文人操守的回归。

2014 年 10 月 7 日上午于闲庐

感恩故乡

我的外祖父教我第一次写毛笔字就是“耕读传家”四个字，我当时不知道，耕读传家是中国传统最好的美德，也是英山人一直坚持的优良传统，是英山人一种优秀的品质。我在这个环境里读书、奋斗，一直这样往前走，学习杜甫“语不惊人死不休”的精神，“不坠青云之志”。这个动力激励我童年的时候出发，一直走到现在。

我一生的理想是当中国的托尔斯泰，我初中毕业下放农村生产，借遍了乡里能借到的书，背《康熙字典》，背《古文观止》。后来到文化馆工作，几年来，读完文化馆图书室所有古典文学界书籍，作了几十本笔记。我一直坚持自己的理想，几十年没有改变过我生活和努力的方向。一路走来，我到过很多地方，但仍觉得英山这地方乡风很好，对苦学的年轻人，向上的年轻人，整个氛围是赞赏支持的，这也是我能走到今天的原因之一。

我在英山县城长大，我记得小时候英山温泉真好，自溢自流的温泉，整个一条河从北汤河、陵园街直接流下来，城里人在河里洗衣、洗菜后，手脚烫得像红萝卜一样。那时不觉得这是非常美好的东西，后来，走遍全国都没见过这么美的汤池。现在回想起来这种生活真好。那时县城里逢年过节有交流会，有汇演，舞狮、舞龙、踩高跷，我的童年在这样一种生活里面，让人感到非常的幸福，非常的快乐。

我对乡土的印象最深的是民间文学，英山的土罐文很多、很有趣。比如潘家的七十二说，闻筱辑的故事，等等，非常幽默，有诙谐通俗的，也有格调高雅的。如果民间文学我们不认真学习，吸取民间的智慧，很难让我们的作品经得起时间的考验。每一个人都会用家乡的资源来涵养自己。我作为一个作家，吸取了许多英山的"土罐文"，我在《张居正》里面用了很多语言，大家看了都说用了很多英山话，其实不是的，英山话追根溯源是跟四川官话、北方官话一样的。不要小瞧自己的家乡，它就是文化的纽带，是我们每一个人团结在一起的理由，是让我们每一个人在这里繁衍下去的力量。我爱自己的故乡，我喜欢这片充满文化气息的乡土。所以，我喜欢写大块文章，必须力拔山兮气盖世，必须大风起兮云飞扬。要有这样一种气势，这个国家的精神面貌才会昂扬。

我十三岁时写家乡春天"花如初嫁女，树似有情郎"。当时，并不懂"初嫁女"、"有情郎"是什么，只觉得这是最美的对象。后来离开英山了，再想的就是，母亲提着篮子下河洗衣，暮归的牛羊，屋后的炊烟，这一幕幕便是我诗意的故乡。一个人很容易忽略自己故乡的诗意，不知道这诗意一直在潜移默化滋养着我们，童安格有首歌《把根留住》。我知道有根的人是不一样的，我很难相信不孝的人能对国家尽忠，不爱自己故乡的人能爱自己的国家，只要你自己身上有一点资源可以利用，就要身体力行地去做。为什么呢？我的根在这里。因为不忘根，你就会咬定青山不放松，不忘本你就不怕苦和累，你就知道在你这个位置上做更多有益于社会的事。

2012 年 12 月 25 日于英山

我与旧体诗词

我的故乡是大别山中的一座小县城。在我童年的记忆中，小城的生活状态同唐代宋代并没有多大差别。无论是吃食儿还是玩艺儿，都是祖辈传下来的。十岁之前，我连水泥地都没有见到过，小城的街面上铺的都是鹅卵石。好房子与坏房子的差别，仅在于是青砖墙还是土砖墙。长着瓦松的瓦房顶，一到雨天，总是匍伏着一层乳白的水气，与升不上去的炊烟一起，在斜斜的瓦沟里缭绕。精神生活方面，最让人兴奋的是看社戏，听大鼓书。无论文化的高低，地位的尊卑，年齿的老幼，只要是饮食男女，无不在这种娱乐中得到陶醉。当然，小城里的文人所过的精神生活，比起俗民要更丰富一些，最显著的爱好，就是对诗歌的钟情。我说的诗歌，不是指的新诗，而是传统的旧体诗词。因此，我小时候受到的文学熏陶，最重要的便是戏曲与诗词两样。

关于诗词，我倒是受到了较为严格的家学培养。我的祖父粗通文墨，但年轻时离家不知所终，我从未见过他。我的外祖父是一位老中医，尤擅儿科，在小县城里，算是有地位的人。

行医之余，他喜爱书法与诗词，大约他看出孙辈中我于文学稍有天赋，故刻意栽培。五岁时便教我对对子。从两个字开始，他说“青山”，我对“绿水”，不但要词语对仗，还要求平仄工整。就这样训练了三年时间，从两个字开始一直对到五十个字。尔后让我读《唐诗三百首》、《千家诗》、《宋词钞》等，就这样读到十二岁。我一面念小学，一边接受这种私塾教育。可以说，在我十二岁之前，我没有读过一本新诗，但却读了好多种的旧体诗词的选本。外祖父对我说：“读熟唐诗三百首，不会吟诗也会吟。”他要求我背诵众多诗词名篇，这一点让我一辈子受用。这应该就是大家所说的“童子功”吧。

文革开始后，我的私塾教育停止，学校教育也停止。十七岁下乡，到一个丘陵起伏的山村。却没想到在山村里我找到了新的“文友”，一位乡村郎中，一位乡村木匠，都是诗词的热爱者，这两位都是五十来岁的人，算是父辈，但他们称我小友。劳作之余，我们三人常凑到一起写诗。写诗通常不叫写诗，叫“做诗”。四年的农村生活，我与木匠郎中一起，大约做了几百首诗词。那时，这类写作属于“四旧”，不但不能发表，还要偷着掖着，否则就要挨批。

我的旧体诗词的写作，便是在这样一种状态下开始的，几十年来一直未曾停止，哪怕在我成为诗人，一年发表上百首新诗的年头，我仍在“做诗”。

当年外祖父教我做诗时，只让我背诵古代诗人的名篇，以此作为样本。二十岁后，我自己又通读了许多“诗话”，从中体悟做诗的技巧。日积月累，也颇积攒了一些心得。旧体诗词成了我私密性写作的一部分，特别是天命之年后，欲说还休的事渐渐多了起来，这种心态用旧体诗词来表达，是再恰当不过的了。

近些年，旧体诗词写作的人多了起来，而且努力的人亦不在少数。但对“个中三昧”理解通透的人，却并不多见。究其因，大概泰半属于半路出家的缘故。新诗与旧诗，我个人认为都不可偏废。两种诗艺有交汇处，但毕竟是两股道上的车，方向与驾驶技术都不尽相同。描写今天的生活，当下的时代，还是得用新诗。历史在前进，诗歌也在前进。这是谁也改变不了的。

2013 年 7 月 11 日于闲庐

旧体诗词与当代生活

一个月前，首届海峡两岸中华诗词论坛的组织者、湖北诗词学会会长罗辉先生，邀请我在今天的学术交流会上作一个简短的发言。我本想推辞，但罗会长坚持要给我一个机会，于是我就站在这里了。我今天讲话的题目是《旧体诗词与当代生活》。之所以选择这样一个话题，是因为可以借此避免谈高深的理论，那实在不是我的强项，我只是结合自己的写作经历，谈一点实际的感受。

我从事文学创作已经四十多年，早年写诗，后来又写散文、小说、戏剧和电影。上个世纪九十年代以前，文化圈内的人都把我称作诗人。早在一九八〇年，我即获得中国作家协会评定的“全国首届中青年优秀新诗奖”。随后，又连续出了四本新诗集。所以说，朋友们称我为诗人也未尝不可。但有一个秘密大家都不知道，即我学习写诗的最初年代，不是写新诗而是写旧体诗词。

我的祖父与外祖父都是读书人，但我的父亲母亲因为在少年青年时代遭逢乱世而失去了读书的机会。正因为如此，父母对我读书寄予了很大的希望。我的继外祖父也是一位读书人出身的老中医，他不但医术好，书法与旧体诗词的写作也在当地颇有名气。我四岁就跟着继外祖父背诵诗词，五岁时就开始跟着他对对子，从一个字开始，后来对到五十个字，他说“绿”，我对“红”；他说“绿叶”，我对“红花”，如此数年，终于培养出我对中国文字的敏感以及初步的应用技巧。大约十岁之后，我就尝试写对联、绝句。十三岁时，外祖父出城去问诊，我跟着他，对着芳菲三月，外祖父给了《春景》这个题目，让我写五言绝句，我脱口说出“花如初嫁女，树似有情郎”这样的句子，外祖父大加赞赏。但是，一个十三岁的少年，确实不知道“初嫁女”应该是个什么样子，之所以能这样写，应该是数年进行诗词语言训练的结果。

几年之后，我成了一名下乡知识青年，由于受到的家教，遇事我还是用旧体诗词来表达，但村子里让我办黑板报，我的诗词的写作立刻受到了限制，我无法在规定的句式、格律、对仗中完成对生活对象的描写，比如说“阶级斗争”，“农业学大寨”，“广阔天地，大有作为”这样一些语言，的确没有办法进入格律诗。由此我认识到，旧体诗词写作的年代，适合传统的农耕文明时代，那个时代每年产生的新词汇非常之少。我比较熟悉明朝，在它二百六十三年的历史中，其文风与用词都没有太大的变化，从《明史》中留存的第一位皇帝朱元璋的《登极诏书》到最后一位崇祯皇帝的御批，我们从文字上看不到有什么变化。语言是社会生活的反映，语言环境的单纯反映出社会生活的单调。终明一代，农耕文明的社会环境没有发生根本的转变，所以，诗词创作的环境上承唐、宋，也没有发生什么动摇根基的转变。但进入工业文明之后，传统诗词不再可能成为表现生活的主流文体，随着时代的变迁，我们的文学样式越来越散文化、自由化，这就是我们的中国古典文学为什么从诗经发展到汉赋、唐诗、宋词、元曲、小说，这是一个逐步散文化的过程。以致到现在的电影、电视、网络文学的出现，从中可以看出，主流文学的走向越来越复杂，离传统的诗词越来越远。

我喜欢旧体诗词，但十八岁时在农村办黑板报，却遭逢了第一次障碍。从此，这障碍便如影随形，跟随我四十多年。

传统的格律诗词是建立在以单音节词汇为主体的语言环境中。在它成形的唐、宋朝代，当时的诗人们描写身边的生活，并不会感到这种严格的形式对他有任何的约束。可以说，在当时的社会形态中，有百分之九十的生活是可以用诗词来表现的。但在当今，纷繁复杂的社会生活十之八九是旧体诗词无法表现的，像“GDP”，“国际贸易顺差”，“中国特色社会主义”，“哥本哈根协定”这样的词汇，与旧体诗词的创作要求可以说是风马牛不相及。

但是，有一点要特别指出的是，虽然旧体诗词在描写现代生活中毫无优势可言，但在抒发感情、描写心灵的领域里却是具有无与伦比的优势。支撑现代社会生活的，是政治、科学和经济。在这三大领域中，其表现可以说是日新月异。每一年，都会有很多的词汇诞生，当然，也会有很多词汇死亡。一个习惯于过传统的生活，愿意与自己的心灵对话的人，对这种现代生活很无奈。大约在十五年前，我在一篇散文里就说过：“对于喜欢心灵生活的人来说，科技是一场瘟疫！”因此，我每天都在面对一些事物，也在抗拒一些事物，在面对与抗拒中，旧体诗词的写作给了我的心灵很多慰藉，很多帮助。今天，我们再也不能驾一叶孤舟到江湖中去，也不能坐一辆牛车悠游在乡村泥泞的路上。但是，我们面对一朵花的开放，一片秋叶的凋零，同李白、杜牧、王维、苏东坡等唐宋时代的伟大诗人们所看到的春花秋叶，并没有什么两样。他们没有坐过飞机、高速列车，这又有什么要紧呢？在物质的世界里，我们无法传统；但在精神生活中，我们完全可以排斥现代。描摹心灵生活，旧体诗词不但不会让我们捉襟见肘，反而让我们的感情变得典雅起来，古朴起来。

自从上世纪初新诗问世以来，一百年前，新诗与旧体诗词两者之间的优劣与取舍的争论，一直没有停止过，毛主席曾说过："给我两百块大洋，我也不读新诗。"我没有他这么绝对，我既读新诗，也写新诗；既读旧诗，也写旧诗。新诗与旧诗，虽然都是诗，但两者的创作无论是从遣词造句，还是选取的题材都大相径庭。从二十岁开始，到三十五岁，我基本上是以新诗写作为主，三十五岁之后，很长一段时间，我是新诗旧诗都写，五十五岁之后，我几乎只写旧体诗词了，每年写作的新诗，不会超过十首。其因很简单，当我不再想在生活中扮演强者，我便愿意过静恬的心灵生活。在这种生活中，读古人的诗，然后又像古人一样写诗，便是一件非常有乐趣的事。

2014 年 10 月 6 日

每一个春天都是改革元年

又到了金秋十月，看到院子里的鸟不落树上，结满了玛瑙一样的小红果，忽然便生了乡情，眼前浮现出一叠叠岚气氤氲的云山。

我的故乡英山，是湖北最东的一个县。气势雄浑的大别山主峰天堂寨在其境内，这里不但是“中国四大发明”之一的活字印刷术发明人毕昇的故里，也是湖北为数不多的红军县之一。大革命时期，这个不足十七万人的小县，有名有姓的红军烈士就有七千多人。黄埔军校一至四期，英山籍的学员有四十八人，以县为单位来计算，这个数字为全国之最。这些学员大部分都参加了北伐战争、南昌起义以及大别山区的秋收暴动，并大多牺牲在各个不同的战场上。我的家族中，有一个黄埔四期的学生熊受暄，他八十一年前牺牲于河南白雀园，职务是红四方面军政治部主任。

在我的童年，滋养我心灵的是两种颜色：红色与绿色。红色指的是红军烈士鲜血浸染的土地，绿色指的是泉水澄澈山花纷披林木葱茏的家园。去年，当湖北省委提出战略规划要重建

“红色大别山，绿色大别山，生态大别山”时，我的心中充满温暖，也生出感慨。

美国的罗威廉与日本的森正夫两位学者，都曾数次深入大别山鄂东地区实地调查。他们认为这个地区存在一个独特的文化现象：即不但产生大将军，也产生大学者。文与武，是人中的两极，应该是风马牛不相及的两类人，为什么他们都在同一片土地上诞生呢？这一现象放在全世界所有国家与地区来考量，也是绝无仅有的。

我三岁时，母亲教会我唱的第一首歌是《八月桂花遍地开》，这是二十世纪三十年代初在大别山苏区流行的红色歌曲，没想到成为我生命中的第一首儿歌。稍长，外祖父教我写毛笔字，最初写下的四个字是“耕读传家”。那个时候我才五岁，并不知道这四个字不仅仅是农耕时代最正确的选择，也是我的家乡代代延续的传统。多少年之后，当我成为家乡乃至鄂东地区无数文人中的一个，当我明白手中这支笔的分量并能够用它来回报家乡服务时代的时候，我才意识到，我生命中文化的历程，在三岁时就已开始了。记得一九八〇年，我因政治抒情诗《请举起森林一般的手，制止！》而获得“全国首届中青年优秀新诗奖”时，时任湖北省委书记的老一辈无产阶级革命家陈丕显同志接见我，曾语重心长地对我说：“你的老家英山，我去过，是革命老区，山水又很秀丽，你老家七千名烈士换回你一支笔杆子，你要珍惜啊！”

丕显书记说这话的时候，中国的改革才刚刚起步。如今三十多年过去了。走过珠三角、长三角、环渤海等发达地区，心中真有了“洞中方七日，世上已千年”的感觉。即便到了大西北、大西南等偏远山区，也能让人感到眼底山河已非旧日城廓的景象。这些年我到过很多历史发生的现场，也亲临过不少史诗正在创造的工地。我由衷地感到，中国人载欣载奔，面对诸多的社会问题仍不离不弃，拧成一股绳谋求发展，这种巨大的凝聚力，决定了中国改革的洪流还会澎湃向前。

在这种形势下来看我的家乡，不免有些惆怅，甚至有些失望。御改革之长风尽得其利者，一是有人才优势，二是有交通优势，三是有资源优势。这三者我的家乡都没有。不仅仅是英山，全国各地的偏远乡村都是人才的真空地带。一切的路都通向城市，一切的人才都向城市集中，这是世界性的不可逆转的规律。再说交通与资源，这两种优势英山也没有。所以在三十年改革开放中，这个山区小县似乎被时代所忽略。前年，武汉至英山的高速公路终于建成通车，往日到省城需要半天的车程，现在一个多小时就够了。交通的改变，这一方被清代大戏剧家李渔赞赏的“处处水从千涧落，家家人在数峰间”的中国最美乡村，才一下子凸显出它的价值。中国经济发展的高速列车持续奔驰了二十多年后，一些有识之士就指出以破坏生态恶化环境的资源性经济发展模式不应该提倡。针对这样一种严峻的现实，党中央提出科学发展观，这既是对过往经济增长模式的一个纠正，也是以负责任的态度，为中国的当下以及后代子孙留下一个可持续发展的空间。正是因为增长方式的改变，有着丰富的人文与旅游资源的英山，才一下子获得了经济与社会协调发展的战略机遇。

今年春节，一个四十岁的年轻人调入英山担任县委书记。他来拜访我，谈了他发展英山的打算，并讲到改革的滞后导致英山现在还戴着贫困县的帽子，言语间对我故乡落后的现状有些焦虑。我对他说：“改革并不是齐步走，因地而异、因时而异、因人而异是正常的。但对于一个有志于为老百姓谋求福祉的人来说，每一个春天都是改革元年的开始。”讲这句话的用意，原是我为了鼓励他，转而一想，这又何尝不是激励我自己。我们总是在讲养心，我认为养心的最高境界就是将生命归零的能力。昨日的生命，不管是成功还是失败，是顺境还是逆境，都不要带进新的一天。我们的未来每一天都应该是崭新的。对于在改革开放的路上走了三十多个春夏秋冬的中国来说，每一个春天都应该是改革元年。

2012 年 10 月 21 日于闲庐

情系大别山

王国生省长在省十一届人大四次会议上的政府工作报告中，阐述了“十二五”期间湖北经济社会发展的总体要求，其中谈到，“积极推进大别山革命老区经济社会发展试验区和湖北武陵山少数民族经济社会发展试验区建设，采取特殊政策措施，促进革命老区和民族地区经济社会更好更快发展。”在部署二〇一一年的工作中，再次提出“抓紧大别山革命老区和湖北武陵山少数民族经济社会发展试验区建设，加大对革命老区、民族地区、贫困地区的扶持力度。”作为一名从大别山革命老区走出来的政协委员，听到这两段表述，有一种如沐春风的感觉。

记得二〇〇六年夏天，为纪念红军长征胜利七十周年，我受中国作家协会的邀请，前往江西瑞金参加“重走长征路”的活动。在瑞金中央苏维埃旧址，在波浪翻腾的于都河畔，我似乎感受到了当年红军战士们以身许国的壮烈情怀。特别是在毛主席旧居前那棵大樟树下，我突然听到喇叭中播出的《十送红军》的歌曲，一种抑制不住的激动让我热泪盈眶，我站在原地把歌听完，我的眼前浮现的尽是我的故乡大别山的一草一木……当时，我的作家同行、随行的记者，还有当地陪同的领导，他们只知道我流泪，但恐怕没有一个人知道我的真实的心情。在这里，我可以告诉大家，我的泪为家乡而流，为大别山而流。

长征的伟大意义不用我在此赘述。我要说的是，中国工农红军共有四支部队到达陕北，他们是红一方面军、红二方面军、红四方面军、红二十五军。除红一方面军即中央红军从江西出发，剩下的三支全部是从湖北出发，红二方面军从洪湖出发，红四方面军和红二十五军都是从大别山出发。我们说“没有共产党就没有新中国”，这是颠扑不破的真理，放在任何时候都不用置疑。但是作为大别山人，我们也可以自豪地说：“没有大别山，共产党的历史就不完整！”

新中国成立之后，党没有忘记苏区人民，在“血染土地三尺红”的大别山，新中国的朝阳让那一片土地焕发了生机。但从废墟上建立起来的新中国，家底子薄，苏区人民的生活水平提高还有待时日。十年浩劫期间，苏区受到的摧残曾导致民怨沸腾。一九七九年，我写过一首政治抒情诗《请举起森林般的手，制止！》，其中有这样几句：“当年你们用仅有的一根线，缝补红旗的弹洞；用仅有的一把米，喂养饥饿的革命，换来的幸福，竟成了镜中之花，水中之月，天上之云。”三十多年前的我，还是一个二十几岁的年轻人，尚不能客观地看待问题，理性地把握时局，但为苏区人民鼓与呼，建言请命的勇气，却是来自我的赤子之心。

邓小平倡导改革开放的新时期，大别山革命老区取得了翻天覆地的变化，老百姓的幸福指数也大幅攀升。但毋庸讳言，同发达地区相比，同全省的平均收入相比，大别山老区人民的生活水平还相对落后。分析原因，并非大别山苏区的老百姓懒惰，也不是他们的智力低下，如果懒惰，如果弱智，这一地区怎么可能诞生那么多的政治家、军事家、思想家、科学家、文学家呢？我个人认为，大别山革命老区的落后，是因为既没有发展工业的资源，也没有交通便利的区位优势，更没有享受到让经济腾飞的特殊政策。在改革开放中，造成经济奇迹不外乎以上三种优势。有了这三样，我们就能长袖善舞；没有这三样，恐怕就是“巧媳妇难为无米之炊”了。

针对大别山革命老区的经济与社会现状，省委、省政府提出在那里建设经济社会发展试验区，这是英明决策，是报恩之举。为此，我提出以下三点建议：

一是让试验区成为湖北跨越式发展的一个样板。政府工作报告中提到湖北在“十二五”规划实施期间要真开放、早开放、全开放。对应这一要求，试验区更要做真实验、早实验、全试验。大别山是经济落后地区，若要激发其经济的活力，则必须有巨大的扶持政策出台。王省长的报告中已讲到要有“特殊政策措施”，我们期盼这一特殊政策措施早日制定，早日落实执行。经济与社会的发展，既要算经济账，更要算政治账。让大别山革命老区享受跨越式发展的优惠政策，其政治的影响力甚至会超过经济的增长力。

二是让大别山成为发展低碳产业的实验区。省委、省政府曾指示：要建设红色大别山、绿色大别山、生态大别山。我建议还补上一句，建设人文大别山。比之井冈山、延安、太行山、大巴山这样一些革命老区，大别山有一个显著不同的特点，即此处是中国屈指可数的人才荟萃之地。湖南岳麓书院有一副对联：“惟楚有才，于斯为盛。”用这副对联形容大别山鄂东地区，是再恰当不过的了。鄂东人才门类齐全，政治经济、军事科学、文学艺术应有尽有。远的不说，单说儒学，近一百年来，就有陈沆、王葆心、熊十力、黄侃、徐复观、殷海光、汤用彤、汤一介、闻一多、胡风等硕儒大家卓立于世。

在湖北“十二五”期间，大别山最可行的发展思路，是建设成武汉市的后花园。让红色的摇篮，绿色的氧吧，人文生态的环境，人文的景色交相辉映，成为大别山旅游业的有力支撑。发展旅游业与观光农业，都是属于国家扶持的低碳产业。运用政策的杠杆，用好大别山的这种特殊资源，相信几年以后，大别山革命老区会呈现出崭新的繁荣景象。

三是让试验区成为干部制度改革的示范区。毋庸讳言，试验区就是加大改革开放力度的政府行为，它必将要起到引领社会进步的示范作用。而一切成果的取得，第一关键是人。试验区的干部选拔与任用，应打破常规，起用一批有朝气、有思路、有吃苦精神、敢担当的干部。因为如果试验区的各级官员，对大别山苏区这一片土地不热爱，或者说没有足够的忧患意识和奋发图强的决心，哪怕出台再多再好的政策，也落不到实处。

我认为在大别山经济社会试验区工作的各级领导，不要当候鸟，要有扎根的思想，要明白跨越发展不是片面地追求政绩，不是打一枪换个地方，而是扎扎实实地为老百姓办实事、办好事、办大事。建设好大别山革命老区经济社会发展试验区，就是让红色大别山、绿色大别山、生态大别山、人文大别山，在“十二五”期间重新在中国大地上发出璀璨的光芒，让每一位大别山革命老区的老百姓，都能享受到社会进步带来的福祉。

2011 年 2 月 22 日

一寸光阴一寸金

小时候读《增广贤文》，里头有“一寸光阴一寸金，寸金难买寸光阴”这句话，只觉得是励志之言。在现实中，我们却经常感叹光阴虚度。出现这种状况，原因在两方面，一是没有舞台，才华难以施展；二是当事人浑浑噩噩不想做事。浪费了光阴，对一个人来说，损失的是他自己，对于一个地区一个国家来说，损失的将是历史的机遇与民族的前途。新中国成立后，毛泽东主席曾写过“一万年太久，只争朝夕”这样豪迈的诗句。但因国策的种种失误，我们的大好光阴都在乱折腾中消耗掉了。改革开放后，这种状况才有了彻底的改变。一心一意搞建设，全心全意谋发展，瞎折腾的事情少了，一寸光阴一寸金的实际意义才真正体现了出来。

像我这样年近耳顺的人，新中国成立之后的所有重大事件，几乎都经历过，无论是痛苦还是欢乐，是沮丧还是兴奋，是坎坷还是顺境，都积淀在我的生命中，连起了我的童年、少年、青年和壮年。在荒唐的岁月里，我们在痛苦中等待生机。在沸腾的岁月里，我们又在拼搏中保持忧患。记得三十年前，一位朋友向我倾诉他“文革”时期遭受的磨难，他说：“我的父母长年在乡下蹲点，我们自己照顾自己，不会煮饭，常吃些半生不熟的食品，因此落下胃病。”我告诉他：“你的苦难是有米不会煮，而我的苦难是会煮饭却没有米。”现在，我在一栋二十八层高的写字楼办公，每逢上下班，六部电梯拥挤不堪。有的年轻人不惜等上十几分钟，挤进电梯，却只上二楼、三楼。有一次，我禁不住对一位年轻人说：“你上三楼，又不高，为什么不可以走上去呢？”他理直气壮地反问：“我为什么要走上去呢？”类似的情况，在我的身边常有发生。因此，有一个问题常常让忧虑：如果中国的改革开放从现在开始，让在娱乐化社会的环境中长大的年轻人担任变革中的主角，他们还会像我们年轻时那样甘做垦荒牛，从而出现“深圳速度”、“苏南模式”这样一些改革历程中的经典故事吗？

有人说，中国的改革是从农业社会一步跨进了科技时代，外国人花了几个世纪完成的变革，我们只花了三十多年就完成了。我想，取得如此辉煌的成就，既得益于一代代党的领导集体的殚精竭虑、运筹有方；也得益于中国老百姓代代相传的两大优良品质：勤劳与节俭。数年前，我去加拿大多伦多看望在那里念书的儿子，恰逢过圣诞节，下午三点钟，忽然想起家中没有酒，于是与儿子一起上街买啤酒，一连跑了五个街区，竟没有一家商店营业。过节了，老外首先要的是休息与家人团聚。可是在中国，哪怕大年初一，你一大早上街，照样可以买到新鲜的蔬菜和水果。这十几年，我到过世界上很多国家，耳濡目染，很难找到像中国人这么勤劳的民族。中国现在的外汇储备与银行存款，也是世界上最高的。一方面，中国人没日没夜地奋斗积累财富，另一方面又舍不得挥霍，始终攥紧自己的钱袋子。有此两条，中华民族才有可能在改革开放的大道上走向繁荣，走向生机勃勃的未来。

但是，令人担心的是，耽于享乐的富贵病开始在中国蔓延，并且危及年轻的人群。虽然，我们大部分年轻人继承了父辈的传统，志存高远而又脚踏实地。但毕竟一些不好的苗头，也在年轻人中滋生。因此，我又在思忖：过去的三十余年，在世界范围内的民族兴盛的奥林匹克赛场上，中国毫无争议地赢得了金牌。但是，往后的三十年，我们还能保住这块金牌吗？

一位省里的主要领导同志与我聊天时说，他一九七七年以下乡知青的身份考取大学，四年后毕业。领到第一个月工资就拿去买了一套《资治通鉴》，然后通读了两遍。结婚时，当工人的穷爸爸只能给他一百元，他没有用于婚礼，仍是用于买书。现在呢，一位高中生考取大学，就吵着要他并不宽裕的父母为他买一部苹果手机。两相比较，便觉得现在一些年轻人缺乏奋斗与学习精神。“忧患者生，享乐者死”，这是古代哲人总结历代兴衰的规律时说出的格言。奋斗者总觉得他的时间不够，是因为他想做的事情太多；而享乐者同样也觉得他的时间不够用，乃是因为他及时行乐的奢望太多。

今年，我有幸参与了湖北省党代会报告的润色，报告中提出如何把握湖北今后发展的黄金十年。我当时不免掩卷沉思：过往的十年，中国的改革在科学发展观的指导下稳步前进，取得了举世公认的成就。今后的十年，在有志者眼里，看到的仍是克难奋进的黄金机遇期；在忧思者看来，前进中的问题仍然不少。我们能否在深化改革的征程上继续保持“一寸光阴一寸金”的良好态势，关键既在党中央，更在年轻人。因为参与改革的第一代年轻人正在老去，现在的年轻人必将成为建设中国的主角。如果能充分激发年轻人创世的热情，我们赢得的不仅仅是黄金十年，而是更加长久的中国的未来。

2012年9月20日夜于闲庐

温暖人心

前天看到一则报道，湖北二〇一〇年的 GDP 增长为百分之十四点八，在中部六省排名第一，成功实现了升级晋位。这一骄人的成绩，既是省委、省政府正确领导的结果，也是全省人民群策群力实现中部崛起，弯道超越的战略成果。

作为一名作家，身处这样的时代，生活在这样的故乡，我由衷地感到自豪。作为一名作家、艺术家，我们不能为 GDP 的增长作直接的贡献。但是，我们为和谐社会的建立却可以尽自己的绵薄之力。党中央提出的科学发展观是建立和谐社会的理论支撑。我个人认为，和谐社会包括四种要素，它们是政治文明、经济富裕、科技发展、文化繁荣，这是促进社会不断进步的四重奏。它们是政治家、企业家、科学家与文艺家共同努力的方向。建设好我们的家乡，让财富充分的积累；增强人民的幸福感，消解他们的怨言，这不仅仅是政治家的责任，更是我们企业家与科学家、文艺家的责任。尤其是我们的作家、艺术家，不仅要有强烈的忧患意识，更要有火一样的激情，用敬畏之情对待老百姓，用最好的作品回报社会。

在过往的一年里，我们的作家、艺术家也向湖北人民交出了值得称赞的答卷。我们的电视剧、歌曲、文学、书画、戏剧等诸多样式的作品，均在全国产生了良好的影响。在新的一年里，我们将一如既往，用手中的彩笔，用优美的歌声，用一切艺术的样式来为湖北的文化大繁荣、大发展增光添彩。讴歌伟大的时代，温暖人民大众的心灵，是我们永不放弃的责任。

2011 年 1 月 26 日

“路漫漫其修远兮”

非常感谢诸位推荐并选举我担任第二届湖北中华文化促进会主席。此时此际，我既感到荣幸，更感到即将担负的重大责任。在今年十月中共中央六中全会上，党对于文化的大繁荣与大发展作出了英明的决策。这是深化改革开放、落实科学发展观的重大举措，也是伟大的中华文化再度复兴的福音。“好雨知时节，当春乃发生”。在这千载难逢的发展机遇中，湖北省中华文化促进会在省委宣传部的指导下，成功召开了换届的盛会。在这即将闭幕之际，我谨代表新一届主席团全体成员向上一届的主席周韶华先生表达诚挚的谢意，并向愉快接受邀请担任本届文促会名誉主席的罗清泉主任致以崇高的敬意。

二〇〇三年的金秋十月（即中华夏历的甲申年），时任中华文化促进会名誉主席的许嘉璐副委员长和主席高占祥先生，联合季羡林、任继愈、杨振宁、王蒙等在中华文化界享誉既久的大家，共同发起中华文化高峰论坛，并邀请海内外科技与文化等不同领域的专家学者五十人参加这次论坛并共同在北京签署《甲申文化宣言》，其旨意在推进中华传统文化的发展与创新。我有幸受到邀请成为其中的一名，并在《甲申文化宣言》上庄重地签上了我的名字。在当时签名的湖北人中，除了我，还有著名哲学家汤一介先生。

不知不觉，八年的时间过去。这八年，既处于中国改革开放的转型期，也处在中华文化复兴的觉醒期。“路漫漫其修远兮，吾将上下而求索”，中国共产党人九十年的奋斗，经历了革命、建设、改革三个阶段，最终选择了适合中国国情的发展道路，也选择了符合历史规律的文化前进的方向，并在这两者的基础上，确立了社会主义的核心价值体系。

我曾说过，风气自上而下，风俗自下而上。风气与风俗风雷激荡，交相辉映，最终才会成为时代的风尚。有鉴于此，中华文化促进会的工作，就是上承风气，下连风俗，最终成为风尚的推手。唐代大诗人杜甫在安史之乱后曾在诗中写道：“致君尧舜上，再使风俗淳。”短短十个字，既可见文人的忧患，也可见文人的理想。这种忧患与理想，应该是中国历代文化人的传统美德。保持这种美德，并不断地发展它，坚持它并完善它，这就是文化的促进。当所有的文化人都自觉地这样去做，伟大的中华文化才会繁荣，才会强大。

上一届湖北省中华文化促进会在周韶华主席的领导下，为湖北的文化发展作过许多有益的尝试，并有了良好的开端。本届主席团也将充分发挥湖北中华文化促进会这个平台的灵活性、丰富性以及民间性，团结湖北的每一位文化人，联络与沟通国内乃至国际的文化大家，形成一股积极健康的文化的力量，促进湖北的跨越式发展；同时，也借助湖北跨越式发展而产生的巨大的力量，来促进文化的发展与繁荣。毋庸讳言，受地球环境与资源的限制，我们的经济增长终究会有它的极限，但人类文化的发展是没有极限的。我们每一位从事文化工作的同志和朋友，都应该凝聚起所有的智慧和能力，来培育中华民族的万古长青的文化之树。为了这一理想，让我们一起来担当，一起来努力。

2011 年 12 月 28 日

话剧《司马迁》创作简述

一

司马迁是中国最为伟大的历史学家，其不朽的著作《史记》成为中国文化历史长河中为数不多的经典著作之一。

司马迁是陕西韩城人，生于汉武帝建元六年（公元前一三五年），卒于汉武帝征和三年（公元前九十年），享年四十六岁。

司马迁出生于史官世家。他的父亲司马谈临死时说过这样的话："余先周室之太史也，自上世尝显功名于虞、夏，典天官事，后世中衰，绝于予乎？"周朝的天官即主掌天文历法的官员，当时的制度是历史学家与天文学家兼于一身。

从周至汉，历史漶漫，司马家族的世系亦无法全部准确地考证，从多种史述零星的记述来看，司马迁可靠的先人应是在秦惠王朝廷供职的司马错，他曾与张仪在秦惠王面前辩论伐蜀与伐韩的利害。司马错的孙子司马靳随白起参加过攻击赵国的长平之战。此战坑杀赵国士卒有四十五万之多。后来，因为白起在朝中与范雎为敌，触怒秦昭王被赐死。司马靳作为白起的亲信也一同被赐死。司马靳死时，距司马迁出生尚有一百二十五年。

司马靳的孙子是司马昌，当过秦始皇朝廷的主铁官。司马昌的儿子司马怿当过刘邦朝廷的汉市长。在汉朝，凡治邑超过万户的称令，不足万户的称长。

司马昌的儿子司马喜，在汉朝第三任皇帝手上得到"五大夫"的爵位，这是第九等爵，汉朝爵位最高者为第二十等爵，司马喜是司马迁的祖父。

司马迁的父亲司马谈，在汉武帝建元、元封之间当了太史公。太史公是官名，正确的称呼应该是太史令。称公是楚制。司马迁追慕楚文化，所以用楚制称呼其父，后来亦自称。

从有记载的史料来看，司马错之后，司马家族虽屡为朝廷命官，但再没有人担任史官了。司马谈可谓继承远祖之事业。他担任太史令达三十一年之久。他死时，司马迁二十八岁。

司马谈学问博洽，他将上古学问分为六派，这就是：阴阳、儒、墨、名、法、道德，并对多家学问的得失，给予确切中肯的批评。这一点，对司马迁治学精神的培养非常重要。

司马谈作为兼管天文的史官，对汉代的封禅制度有很大的贡献，传至今天的祭坛便出自他的首创。在汉代，封禅是一件大事。司马谈帮助汉武帝确立了封禅制度，可谓功不可没。

但司马谈却未能等到随汉武帝前往泰山封禅，便一病不起，临终前，他拉着司马迁的手说："余死，汝必为太史。为太史，无忘吾所欲论著矣！且夫孝始于事亲，中于事君，终于立身，扬名于后世，以显父母，此孝之大者。夫天下称颂周公，言其能歌文、武之德，宣周、召之风，达太王、王季之思虑，爰及公刘，以尊后稷也。幽厉之后，王道缺，礼乐衰，孔子脩旧起废，论《诗》、《书》，作《春秋》，则学者至今则之。自获麟以来，四百有余岁，而诸侯相兼，史记放绝。今汉兴，海内一统，明主贤君忠臣死义之士，余为太史而弗论载，废天下之史文，余甚惧焉，汝其念哉！”

司马迁听了这番话，涕泪横流，对父亲说：“小子不敏，请悉论先人所次旧闻，弗敢阙！”

可以说，司马迁创作《史记》的直接动力，来源于他的父亲的遗命。他很快就继承父亲官职而当上了太史令。上任之初，他说：“先人有言，自周公五百岁而有孔子，孔子卒后至于今五百岁，有能昭明世、正易传，继春秋，本诗书礼乐之际，意在斯乎！意在斯乎！”

在司马迁担任太史令九年的时候，朝廷发生了李陵事件，李陵兵败投降匈奴，汉武帝震怒，满朝文武没有人敢站出来为李陵讲话，唯有司马迁秉公直言为李陵辩护，汉武帝当即下旨将司马迁关进大牢，第二年，又将司马迁处以宫刑，这一年，司马迁三十八岁。

司马迁遭受宫刑之后，曾沉痛地说：“太上不辱先，其次不辱身，其次不辱理色，其次不辱辞令，其次诎体受辱，其次易服受辱，其次关木索、被箠楚受辱，其次剔毛发、婴金铁受辱，其次毁肌肤、断肢体受辱，最下腐刑极矣！”可见腐刑（即宫刑）是最让人受辱而不可忍受的。依司马迁刚直不阿的性格，他本可以慷慨一死以保尊严，但因为他不可辜负父亲伟大的遗命，故忍且偷生。

《史记》应自二十八岁时开始写作。完全成书则是四十五岁。共一百三十卷，五十二万四千字。《史记》既是中国伟大的历史著作，又是中国杰出的文学经典。鲁迅称《史记》为

“无韵之《离骚》”，这种肯定乃是告诉世人：《史记》是中国的史诗。

二

司马迁作为中国文化中的一个杰出人物，将其生平搬上舞台或荧屏，还尚未产生有影响力的作品。现在，首先将其搬上话剧舞台，至少有三个方面的意义：

其一，弥补话剧艺术中的空白，我国的话剧尽管产生过不少经典力作，但以司马迁为主要人物的话剧，到目前为止，尚属空白。

其二，司马迁是个著名历史人物，但对中华民族的贡献不在于开疆拓土，亦不在于铁马金戈的生涯，而在于用一支“惊天地泣鬼神”的狼毫谱写出独步千秋的史诗。因此，他的事迹及坎坷生平适宜于用话剧来表现。

其三，当下之世，正处于民族复兴的伟大进程之中，文化繁荣是民族复兴不可分割的有机部分。民族复兴首先是文化的复兴，讴歌历史中的杰出人物，亦应是文化复兴题中应有之义。

此三点乃就形势而言，若探求司马迁之政治观与民间精神，尤其有其独特的意义，而对今天的历史进程有着借鉴的作用。他的史学，始终将经世致用作为目标。他的政治观点，在《史话》中多有表述：

> 汉兴，破觚而为圆，斫雕而为朴，网漏于吞舟之鱼，而吏治蒸蒸，不至于奸。黎民艾安，由是观之，在彼不在此。
>
> 《循吏列传》

尧虽贤，兴事业不成，得禹而九州宁，且欲兴圣统，唯在择任将相哉，唯在择任将相哉。

《匈奴列传》

贤人乎！贤人乎！非质有其内，恶能用之哉！甚矣！“安危在出令，存亡在所任”，诚哉是言也！

《楚元王世家》

司马迁所处的时代，是中国历史中最为灿烂辉煌的时代之一，这个时代的代表者是汉武帝。汉武帝之下，有两个文化代表人物，一个是“罢黜百家，独尊儒术”的董仲舒，另一个就是司马迁。让司马迁这个人物在话剧舞台上重新复活，并让今天的观众看到他横溢的才华与人格的魅力，并不是一件容易的事，惟其难，我们才有去塑造他的动力和理由。

三

司马迁虽然景仰孔子，但他自己却深深喜爱楚文化，因此，他写作的《史记》始终激情磅礴，想象飞腾，在史学的严谨中显露出浪漫诗人的情怀。

通过《史记》我们可以了解到，司马迁是一个百科全书式的人物，他的学问超过了父亲司马谈，但他的性格却比父亲要热烈而浪漫得多。如在《游侠列传》中他脱口而出的评论：“自秦以前，匹夫之侠，湮灭不见，余甚恨之。”这样的语言，如其说是史家，不如说是诗人。

以上这样的评价不胜枚举，它们不但没有减损《史记》的价值，反而增加其光芒。关于《史记》的历史地位，清代著名史家赵翼在《二十二史札记》中这样评价：

司马迁参酌古今，发凡起例，创为全史，本纪以序帝王，世家以记侯国，十表以记时事，八书以详制度，列传以志人物，然后一代君臣政事贤否得失，总汇于一编之中。

自此例一定，历代作史者，遂不能出其范围，信史家之极则也。

由于以上的种种原因，《司马迁》这部话剧剧本采取以司马迁的生平事件为经，以《史诗》的写作为纬，互为交织，虚实相生，动静相宜，始终洋溢着浪漫的诗情与生动的细节。

初步设想全剧分为腐刑、故乡、大雪、立春、殉道五幕，因尚在构思阶段，故不在此处言其五幕内容。不过，这五幕话剧要达到的效果，仍可归于司马迁本人而说："何知仁义，已向其利者为有德。"（《游侠列传》）

2013年9月8日于闲庐

坚持民族性的本位目标

——参加文艺座谈会有感

昨天，在人民大会堂东大厅参加了由中共中央总书记习近平主持召开的文艺工作座谈会，感触良多；特别是聆听他关于文艺工作的重要讲话之后，更是深受鼓舞。

习总书记的重要讲话是在睥睨古今，观照中外的文化大视野中，对当今中国社会主义文艺繁荣发展的方向提出了具体要求。要想准确地把握并领会它，需要下一番苦功。在现场的聆听中，他提到“文艺要坚定民族性，要高歌弘扬中华民族传统文化中优秀部分和精华部分，坚定民族性的本位目标。同时，也要汲取世界优秀文化遗产，必须把古今中外的糟粕部分彻底摒弃，经过认真的筛选。而今，我们的文艺有些迷失自我，放弃自我，偏离航道，这是十分危险的”。这段话对我的触动很大，引起我的强烈共鸣。

二〇〇五年四月，我的长篇历史小说《张居正》获得第六届茅盾文学奖，在乌镇登台领奖时，我念了答谢词：“在中国漫长的历史中，我愿意选取积极向上的，健康的并引领中国前进的那些人物或者事件，作为我创作的对象，过去是这样，将来还会是这样。”我做这样的表述，语言虽然不足百字，却表明了我的文学观、历史观与价值观。

中国是有着五千多年历史的文明古国，在这漫长的岁月中，中华民族一直在坚韧不拔地前进，期间既有强大，也有衰弱；既有盛世，也有战乱。但不论世情如何，世风如何，世态如何，勤劳智慧的中国各族人民从来都没有放弃希望，放弃忧患。一代又一代的仁人志士，怀着“修身齐家治国平天下”的理想，以百姓心为心，以民族情为情，无不“衣带渐宽终不悔，为伊消得人憔悴”。这个“伊”，就是我们的国家，我们的民族。当国家与民族需要我们赴汤蹈火血染沙场时，我们会慷慨赴难；当国家与民族需要我们长歌当哭，挽救颓波时，我们会宵衣旰食；当国家与民族需要我们行吟陌上激扬文字时，我们会意气风发。我想，这应该就是列祖列宗传给我们的中国精神，中国力量。我们继承与弘扬传统文化，就是要记住这样的祖先，理解他们“长太息以掩涕兮，哀民生之多艰”的忧患；体会他们“把栏杆拍遍，无人会，登临意”的苍凉；学习他们“人生自古谁无死，留取丹心照汗青”的气节。

毋庸讳言，任何一个民族的历史大书，不管是厚还是薄，都不可能每一页都是传递崇高与健康的正能量，历史中有能臣廉吏，也有贪官庸士；有堕落奢靡，也有光明正大。选取什么样的人物与事件来进行历史文学题材的创作，这里面既含有作家对历史的认识，也含有对当下时代的把握。在写作《张居正》的过程中，我经常碰到这样的问题，如万历皇帝的母亲李太后，对张居正的万历新政非常支持，加之民间也有“稗语琐言”，认为李太后与张居正有私情。有人给我建议，将张李二人私情这条线加以扩充，这样可以吸引读者眼球。我断然否定这一建议，一是明代所有正史中，没有任何记载，二是与张居正同时代人的笔记文中，亦没有涉及。如果我为了迎合读者中低俗的情趣而创作并不存在的“艳史”，这就是厚诬古人。此种创作态度，绝不能采取，写好一部历史小说，要守住很多底线，“不媚俗，树正气”应是第一道底线。

明代的官场有不少光彩照人的人物，也有一些卑鄙龌龊之徒。有一位御史，嗜好吃伤口上的血痂，若一天不吃，就茶饭不思，害得他手下到处给他找血痂，因此，他获得一个“嗜痂御史”的谑称。这件事成为笑柄在于两个方面，一是嗜痂成癖的御史，二是为他找血痂的人乐此不疲。当下，据我观察，有着历史嗜痂癖和专为这样的人寻找历史血痂的人不在少数。正是有这两种人，才形成现在大有市场的以丑为美的历史观与文学观。要扭转这股浊流，历史文学作家首先要建立起对国家的认同，对民族的责任。在创造了优秀文化的列祖列宗面前，应常怀敬畏之心。

习总书记还指出：“我国作家艺术家应该成为时代风气的先觉者、先行者、先倡者，通过更多有筋骨、有道德、有温度的文艺作品，书写和记录人民的伟大实践，时代的进步要求，彰显信仰之美，崇高之美。”观诸历史，那些伟大的作家，经典的作品无不是得风气之先，萃时代之精。杜甫在安史之乱后，曾写下“致君尧舜上，再使风俗淳”这样的诗句，短短十个字，让我们看到一位大诗人对理想的追求，对社会的责任。

2014 年 10 月 16 日